WO DE GEGE —— TABIANCHENGLEMAO

FLORET
READING

小花阅读

我们只写有爱的故事

青春阅读 幸得相见

我的哥哥他变成了猫

FLORET
READING

惊蛰 著

贵州出版集团
贵州人民出版社

| 小花阅读 |

【惊艳游乐园】系列三部曲

惊艳游乐园系列之一《白云无尽》
狐狸组合 · 时里海 / 著
标签：极品室友 / 美艳主唱 / 一言不合就开撕
有爱内容简读：
"喂，梅无尽，你揍我吧。"这样的傻话，白泽时常会无厘头地突然从嘴里蹦出来。
梅无尽把手背伸过来，漫不经心地探了一下他的额头，问："脑子又烧坏了？"
"靠！我说认真的，你就不能配合我也认真点吗？"
梅无尽瞥了他一眼："好吧。"
说着，梅无尽放下手里的杂志，眼也不眨地看着白泽，意思是我这样够认真了吧？
"接下来要我怎么做？"
"揍我！"
"左脸还是右脸？"
"天哪，你不会是真的想揍我吧？"
"……"

惊艳游乐园系列之二《他们与豹》
狐狸组合·尼克狐 / 著

标签: 高冷胆小主编 / 无肉不欢才华豹 / 话多宅男小透明 / 三男同居

有爱内容简读:

"独宠你一人?"苏慕言抓住话里面的漏洞,强调道。

柏安德不耐烦地解释:"反正差不多就是这个意思,你明明知道我和他不在一个层次上,居然……你这是在伤我的心。"

苏慕言淡淡地说:"唐漫需要你的庇佑。"

"虽然不知道庇佑是什么意思,但是只要我不愿意,就可以不庇佑是吧?"柏安德连忙问道。

苏慕言想了一下,冷漠地回答:"没有。"

柏安德生气地将手边的抱枕一丢,气愤地朝房间走去:"我这个月不想画了。"

惊艳游乐园系列之三《我的哥哥他变成了猫》
惊蛰 / 著

标签: 神秘餐厅 / 双胞胎兄弟 / 奇怪的猫 / 美食控福利

有爱内容简读:

"哥……你是不是病了?"白衣少年感觉自己紧张得声音都颤抖了,总觉得今天哪儿不对劲。

紧接着,白衣少年面前二米二的绢丝床上,那个五官像刀锋一样的男人渐渐睁开眼睛……

不!准确地说是,还没有睁开,只见这个星眉剑目的男人半睁着眼睛,缓缓举起左手,抻长脖子舔了一下!又……舔了一下!

然后,男人把整条腿抬到自己的肩上,从大腿根部(此处应有马赛克)一路舔到了脚趾!

白衣少年目瞪口呆,来不及发出任何声响。

只见眼前的男人,认真地舔完两条腿后又翻了个身,扭着脖子不动了(看样子是想舔背,却够不到)。

与此同时薄荷也在思考:好像有什么不对劲?

老!子!的!毛!呢?!

我的哥哥
他变成了
猫
▼

BOHE
薄荷

原本是乔也捡回来的一只黑猫，突然有一天变成了主人乔也。
一只能吃能睡、阳光温和、卖萌撒娇的"喵"。

"我是很想变回猫，但我更想和你在一起，如果你喜欢当猫，我们就一起当猫，如果你还没玩够的话，我愿意陪你一直玩下去。"

我的哥哥
—— 他变成了 ——
猫
▼

QIAOYE
乔也

乔木有期餐厅的执行CEO、乔迟的双胞胎哥哥。
面瘫脸、少年总裁，有一天莫名失踪。

"乔迟，我曾经忘了告诉你，我有多么爱你。希望现在说也不太迟。"

我的哥哥
——他变成了——
猫
▼

QIAOCHI
乔迟

天才料理少年，乔也的双胞胎弟弟。
阴柔、不爱说话，长得像女孩子一样漂亮，实力兄控。

"哥，你到底要我怎样，是不是要我也死了你才会原谅我！"

乔也的前女友、利久良冰的现女友。
时尚活泼、古灵精怪美少女，本质也是一只猫。

"这桌上有你喜欢的人吗？"
"有喜欢的猫算不算……"

BAIYA
白娅

乔木有期最大竞争对手冰火楼的少东家，也是乔也和乔迟的儿时伙伴。
表面是个放浪公子，总是在跟乔也作对。

"我这辈子唯一有过的朋友就是你和乔迟。"

LIJIULIANGBING
利久良冰

自称乔木有期餐厅的花魁的餐厅女侍。
外表高大威猛、内心少女娇羞。

"哎，荣林你看到没有，老板发呆的样子好帅！"

MALIMEI
玛丽美

RONGLIN
荣林

餐厅经理,管理餐厅一切的大小事务。有点正经、严肃、善于算账,但比较抠门!

"连续三个月亏损了,再这样下去只能裁员了。"

XIAOJIN
小井

餐厅侍应生,小白脸帅哥一枚。玩世不恭、总想偷懒,在餐厅做的最多的事就是遛狗。

"帮助美女是我的天性!"

DAOYE
刀爷

餐厅总厨,刀功惊人的北方汉子。如果说刀是刀爷的灵魂,那做菜就是刀爷的命!

"这个世上,没有什么事是一刀不能解决的,如果有,那就两刀!"

目录 CONTENTS

001/ 楔子

- 004/ 第一章
  记忆牌烤羊肉串

- 033/ 第二章
  回心转意欧培拉

- 057/ 第三章
  陈先生的思念牛肉面

- 079/ 第四章
  桔梗香气水晶果冻

- 104/ 第五章
  山楂桂枝红糖水

- 133/ 第六章
  神秘的红色调味料

- 156/ 第七章
  苦涩珍珠奶茶

- 184/ 第八章
  金菊水晶蟹黄包

目录
CONTENTS

219/ **第九章**
夏日清凉套餐

248/ **第十章**
醋熘草莓片

【乔木有期小剧场】

260/ **Part1**
真心话和虐狗大赛

264/ **Part2**
迟来的表白

267/ **Part3**
一场毛鸡蛋引发的血案

楔子

清晨的第一缕百合香混合着柠檬三文鱼的鲜甜,钻进了薄荷的鼻子里。

"喵了个咪,又是三文鱼,这么没创意,老子不想起床了。"薄荷眯着眼睛傲娇地打了个滚,决定继续赖床一小时。

忽然,它感觉到有一双白晃晃的手伸到它跟前。

薄荷又打了个滚,换了个更舒服的姿势等待着即将到来的抚摸。

"哥……"

薄荷闭着眼睛用头蹭了一下那双细腻的手。

然而让薄荷期待已久的抚摸却没有降临!

薄荷只好放下身段,把头伸过去用力地蹭了七八下,让它意外的是,不但没有等到它最爱的摸头杀,相反薄荷明显感觉到——那双手的主人狠命地哆嗦了一下!

床边俊美非常的白衣少年,看着床上这个往日谁也不敢惹的"阎王"，竟然闭着眼睛在床上扭动，吓得他往后倒退了三步。

"哥……你是不是病了？"白衣少年感觉自己紧张得连声音都颤抖了，总觉得今天哪儿不对劲。

紧接着，白衣少年面前二米二的绢丝床上，那个五官像刀锋一样的男人渐渐睁开眼睛……

不！准确地说是，还没完全睁开，只见这个星眉剑目的男人半睁着眼睛，缓缓举起左手，抻长脖子舔了一下！又……舔了一下！

然后，男人把整条腿抬到自己的肩上，从大腿根部（此处应有马赛克）一路舔到了脚趾！

白衣少年目瞪口呆，来不及发出任何声响。

只见眼前的男人，认真地舔完两条腿后又翻了个身，扭着脖子不动了（看样子是想舔背，却够不到）。

与此同时，薄荷也在思考：好像有什么不对劲？

('-')老！子！的！毛！呢？！

阳光透过晶莹的落地窗，洒在这个欧式卧室中，金属色的巨型椭圆水晶镜中反射出一道惊恐的目光。

"啊——啊！啊——啊啊！啊啊啊啊啊啊……啊啊啊啊！啊啊！啊——啊——啊——啊啊……"

薄荷花式叫了五分钟！

直到门外有一个更大的喊声响起："乔总，你怎么了？你饿了吗？"

白衣少年一脸受惊地呆站在床边。他突然庆幸，如果不是这间房的隔音效果太好，估计整个餐厅的客人都要被吓得跑单。

此刻的薄荷，倒是恢复了理智，他淡淡地背过身去，眼皮都没抬，说道："你回去吧，以后我没喊不要进我的房间。"

白衣少年愣了几秒，才道："是。"然后静静地退了出去。

房间又一次安静了下来，薄荷仰面躺在床上。

到底……是怎么回事……

第一章
记忆牌烤羊肉串

1. 薄荷变成了乔也

日上三竿,薄荷用枕头死捂着耳朵躺在床上。
"咚咚咚!"
门外,玛丽美又在捶门:"乔总你醒了吗?乔总你饿了吗?乔总你要吃什么……"
门打开了,薄荷倚靠在门边,眯着眼睛媚眼如丝地打量着门外的女人:"吃你好不好?"
"嘻,乔总今天好幽默。"
"不愿意就快滚——"
"那……我……考虑一下……"
"砰!"门直接关在了玛丽美的脸上。

薄荷重新把自己摔在了床上,他感觉自己做了一个很可怕的梦,想要用力把自己摔醒,却仍然无济于事。

镜子前,是一张薄荷熟悉又陌生的脸。

薄荷用手捏着这张脸,凑在镜子前,仔仔细细地观察,乔也的皮肤真好啊!

啊浑蛋,现在不是花痴这个的时候,现在至关紧要的事是——为什么我会变成乔也的样子?

薄荷捏着脸皮用力掐了一把,疼……又把裤子拉开低头看了一眼,唉……

长叹一口气后,薄荷继续绝望地躺在床上。

"咚咚!"

"谁?"

"哥。"

"滚!"

"哥,白娅找你。"

"叫她滚!"

"她……已经走了……她让我带句话给你。"

"什么话?"

"白娅让我跟你说:'我们分手吧'。"

"……"

留声机里放着百乐门爵士乐队的小调,薄荷把头轻轻靠在膝盖上,侧身蜷在床上，变成乔也的这三天，他除了想尽各种理由阻挡别人跟自己（"乔也"）见面外，更多的就是找一处最柔软的地方把自己埋在其中……

他静静地躺着，想一些他永远都不会想明白的事。

究竟发生了什么，他为什么会变成乔也？

猫脑容量巨小，就算是临时变成人，思考对于他们来说也是一件极其费神的事。

所以薄荷决定，这么烧脑的问题，每天只能思考五分钟，剩余的时间思绪就漫无目的地飘到了远方……

薄荷还记得自己被乔也捡回来的那天，天空下了一点小雨。

当时薄荷蹲在草丛里冷得发抖，乔也打着伞经过："嘿，你叫什么名字？""我叫乔也。""你怎么独自在这里。""你很冷对不对？""你是不是也没有妈妈？""要不你跟我回家吧？"

薄荷饿得奄奄一息，对这个啰唆又喜欢自言自语的家伙嫌弃到不行，但想到温暖的火炉和美好食物的诱惑，还是用尽最后的力气抬起头来，努力蹭了一下乔也伸出来的手。

从那天起，薄荷就一直跟乔也住在一起。

他们相处的模式是一个自言自语，一个呼呼大睡。

"咦，好像又胖了。"

"喂喂喂喂！那是我的盆栽！"

"哎，既然你这么喜欢咬我的薄荷盆栽，干脆你就叫薄荷吧，怎么样?"

　　遇见乔也前,薄荷不知道自己的妈妈是谁,从有记忆起,就是形单影只,没有朋友,没有亲人,每天思考的问题是,会不会饿死。

　　遇到乔也时,薄荷已经整整三天没有找到食物,又冷又饿,感觉马上就要死掉了……

　　被乔也收养后,薄荷有了遮风挡雨的小窝,有了丰盛美味的三餐,更更重要的是生平第一次,有了属于自己的名字!

　　上下嘴唇轻轻地碰在一起——薄荷。

　　薄荷很喜欢自己的名字,于是叼着一嘴的薄荷叶,开心地打了一个滚,用力蹭了蹭乔也的裤腿。

　　在今天之前,乔也于薄荷而言是亲人,是朋友,是食物,是所有的一切……

　　但现在,乔也却失踪了……
　　更更更可怕的是,除了薄荷以外没有人发现乔也的失踪!
　　因为……薄荷……变成了乔也……

2. 乔总不好当

　　"砰!"

　　随着铁制桌脚与地面碰撞发出来的巨大声响,通红而肥硕的波士顿龙虾与大朵的西兰花,肆意翻滚着冲向桌底,精致的白骨瓷瞬间变成一堆粉末，餐厅里的尖叫声此起彼伏。

"咚咚咚……"

"乔总，霹雳帮的人又在餐厅里闹事——"

"唔？"

薄荷痛苦地用被子捂着头，从今天早上开始，这已经是第三件需要他出门处理的事了，他突然开始同情主人乔也。

"那群家伙掀了三个桌子，还霸占了VIP包厢，既不走也不埋单。"

薄荷知道霹雳帮，一群十几岁的小混混，香港片看多了，揣摩着取了个笔画多的名字，就以为天下无敌了。

薄荷不喜欢这群小青年，不仅仅是因为他们的毛总是染得五颜六色，还因为有一次他们为首的那个叫飞仔的黄毛曾把烟灰掸进了薄荷的食盆里。

薄荷身为一只，有洁癖！有品位的猫！气得绝食了三天！

最让薄荷生气的是，这三天乔也不但没有安慰薄荷，还数落了薄荷挑食，让薄荷默默难过了很久。

此仇不报非好猫！

薄荷决定出门会会这群小混混。

大厅里食物撒了一地，客人已经跑得影都没有。

霹雳帮的几个小混混，跷着脚坐在软皮沙发上等乔也。

薄荷一眼就认出了坐在中间的黄毛——飞仔，霹雳帮的老大。

飞仔远远地看着"乔也"走过来，心想，管你这次是叫110还是硬拼，不炸你个千八百的保护费老子绝对不走。

薄荷坐在对面装模作样点了根烟。

（荣林内心OS：乔总平时不抽烟啊！）

（看了荣林一眼的小井内心OS：输人不输阵！）

（看都没看荣林和小井一眼的玛丽美内心OS：乔总抽烟好帅啊！）

薄荷刚坐下来，飞仔就歪斜着眼睛看着他，伸手推了一个盘子到他面前。

"乔总，听说……"

飞仔话还没说完，薄荷手一弹，香烟直直地朝飞仔飞了过去，直接砸在飞仔脸上。

飞仔被烫得立刻跳了起来："你特么找打！"

薄荷眼疾手快，一脚踩在桌上，整个身子都凑到飞仔面前，狠狠地，在他脸上舔了一口！

所有人都惊呆了……

此时，薄荷的脸离飞仔只有一厘米，他盯着飞仔的眼睛，舔着嘴唇，笑眯眯地问："你，听说了什么？"

飞仔愣了一秒钟，整张脸腾地全红了，跳起来狂擦自己的脸："看见你们大哥被打还不赶紧帮忙！"

其他的几个小混混也呆住了，面面相觑地嘟囔："飞哥，他、他……好像也没有打你……他好像是……亲了你一下……"

飞仔感觉自己受到了二十年来人生最大的羞辱，一把抓住薄荷的衣领："你疯了吧！你干什么？"

"没干什么,不好意思把你的脸弄脏了帮你擦一下。阁下现在把手伸过来,是手也脏了吗?"

薄荷眯着眼睛,轻薄地舔了下嘴唇。

飞仔看到他这副神态,内心哆嗦了一下,赶紧松开手:"你,神经病吧!"

"飞哥,来我们店,不会只是想跟我纯聊天吧?"

"当然不是!你们店的甜品里有虫子!我是来索赔的!"

"哦?虫子在哪儿?"

飞仔从口袋里一把掏出五六只昆虫,丢在面前咬了一口的马卡龙杏仁蛋白甜饼上。

"给老子看清楚!你们店的饼子上有虫!今天不给老子两千医药费你们就别想开张。"

"砰!"话音一落,一把闪着白光的剔骨刀飞插到桌上,一个穿着橘黄色衬衣的胖子站在三米开外的地方。

"是谁说我的甜品里有虫?"

看到那把明晃晃的菜刀,和至少有一米九的胖子,飞仔腔调顿时低了下去:"不是我说的,是大家都看——到……"

"看到什么?"只见薄荷边说边拿起那块布满虫子的马卡龙杏仁蛋白甜饼。

"葱花?"薄荷直接一口吃了下去!

餐厅所有人都惊呆了!老板太拼了!

薄荷慢条斯理地吃完了加料的甜饼,打着饱嗝想好久没吃昆虫了,真是童年的美味啊。

"现在,可以滚了吗?"

飞仔带着手下灰溜溜地离开了乔木有期餐厅。

自那天起,花街八卦之神李姨手中又多了一条消息:啧啧啧,乔木有期的老板为了维系家族餐厅真是肝脑涂地啊,平时不苟言笑,关键时刻爆发力惊人咧!
一大盘虫子他是怎么吃下去的啊!
老王啊,我听说啊,用那个什么蚱蜢配蜈蚣泡酒,壮阳的咧……

3. 只晚了五分钟,却好像什么都迟了一步

不知道从什么时候开始,乔木有期的客人变得越来越少。
比萨、火锅、外卖……
各种各样浮躁夸张的味蕾充斥着市场,快节奏的生活带来了快节奏的饮食。
越来越少有人愿意花一到两个小时,去等待一盘精致的美食。

乔木有期餐厅里,餐厅总事荣林看着账目表在发愁。
连续三个月亏损了,再这样下去只能裁员了。
荣林思考了一下,暴力女侍玛丽美、吊儿郎当的男侍小井、任何事情都只会用刀来解决的厨子刀爷……
除了刀爷以外,剩下两个没有责任心的家伙完全是因为便宜而取胜的啊!

市场上哪有比他们更廉价的招待。

如果裁掉他们，只能自己端盘子了！

想到这里，荣林从内而外地哆嗦了一把。

不行，要想想办法拯救餐厅！

"话说，乔总最近有点怪怪的，以前财务报表不离手，现在看不到五分钟就会睡着。说话风格也变了，时而乖张，时而阴柔。"

"我跟你说啊，乔总是天秤座的，天秤这个月水逆，有点反常是正常的。"

"以前也没觉得乔总这么爱吃鱼啊。"

"吃鱼聪明嘛，最近生意这么差，乔总太烧脑了，要吃点鱼补一补。"

对话的声音渐行渐远。

乔迟靠在门上，抿着嘴，看着手机里的相册。

照片上的两个男孩分别骑着两匹玩具马，穿着一模一样的水手装，连选的玩具马都是同样的颜色。

嚆，是什么时候开始，我们再也不肯穿同样的衣服了呢？

或许是初二那年，乔迟跟他暗恋的女生告白，女生答应了。乔迟开心了整整一天，晚上睡不着给女生写信，收到回信时，却发现，女生的收件人写着乔也……

他们长得太像了，从眉眼到身形都像是一个模子刻出来的。

唯一的不同是，乔也的眼神是坚毅而自信的。

而乔迟的眼睛里有更多道不明的忧伤。

他们一直读同一所学校，上同一个培训班。

乔也从小就是学霸，只要是他参加的考试，就没有别人是第一名。

除开学习，乔也其他方面也很优秀，篮球打得很好，又是管弦乐队的首席小提琴师。

其实乔迟的小提琴也拉得很好。

但他不愿意去跟哥哥比。

因为长得太像，他们从小就会被餐厅的客人调侃，各种的比较，甚至有客人拿他们来玩大家来找碴的游戏。

就连朝夕相处的同学也时常分不清他们。

初二那年，乔迟强迫父母给他转了学，并留长了头发，所有穿的用的全部换了新的，对于新的东西，他只有一个要求，就是跟乔也的不一样！

十七岁那年，爷爷当着他的面把餐厅128道菜的秘密配方亲手交给乔也。

并让乔也发誓，除了继承人乔也以外，秘方不能被任何其他人所知晓，包括——乔迟。

跟哥哥做了十七年的连体婴。

乔迟却在十八岁那年才明白，虽然他们是双胞胎，但他们是不一样的。

只晚了五分钟的他，好像再怎么努力，都比哥哥迟了一步。

就连名字都是让人厌恶的"迟"。

4. 这么多年过去了，还是只有你能随随便便惹恼他

白色长条桌前，薄荷正盯着碟子里粉红色的三文鱼生气。

最近几天鱼肉越来越薄，三文鱼怎么能薄呢！

鱼肉一薄，肥腻爽滑甜香软糯弹牙的幸福感荡然无存啊！

薄荷盯着门缝外的荣林，企图用眼神告诉他自己很不满！

"乔总，我能进来吗？这样隔着门缝怪怪的。"

"不行，以后没有我的同意谁都不能进我房间，有什么事就隔着门说。"

荣林忍着心中的大白眼，奋力从狭小的门缝里硬塞进来一本本子："乔总，这是这个星期的餐厅账目，请您过目。"

一片刺目的红色出现在薄荷眼前，薄荷看不懂，但他发达的EQ让他察觉到，气氛好像不太对，在他印象中，荣林是个处变不惊的人，只会为了一件事皱眉头，那就是——亏钱了！

果然！在荣林接下来的汇报中，薄荷感觉到了一股乌云压顶……

这半年餐厅一直在亏损，上半个月一共有二十九个客人进行了客服投诉，另外还有四分之一的会员退卡，加上对面冰火楼重新营业的影响，餐厅亏损在这个月达到了巅峰，现在账上的流动资金已经只剩下四位数，如果这周再不好转的话，可能要面临……倒闭。

倒闭！

薄荷惊恐地意识到，如果餐厅倒闭了别说三文鱼，可能乔也没有

回来他就会被饿死……

最最重要的是，如果乔木有期倒闭了，他要去哪里等乔也！

不行，一定要振作起来！

"现在对我们餐厅的生意影响最大的是什么？"薄荷一改之前无精打采的颓废，换了一张握拳的总裁脸。

荣林心里在呐喊：是你啊！老板画风突变，连续一个月都不关心账面和客人，生意能好吗！

"嗯，主要是因为对面冰火楼的重新营业，之前花街只有我们这一家餐厅，就算再难吃，客人也只能忍耐，现在百年冰火楼重新开业，我们仅有的客源都被他们抢走了。"

薄荷：身为餐厅的总事，直接说餐厅的菜难吃真的好吗！等等你刚刚说什么楼？

"那个……什么冰火楼……的菜……有我们餐厅的好吃吗？"

"不但更好吃，还强力打折！"

太凶残了！听荣林这么一说，薄荷感觉整个胃都饿得绞痛。

"荣林带钱了没，快从账上支点钱给我，我要去新开的餐厅做下市场调查！"

"乔总愿意光临，是小店的荣耀，何须自己付账。"薄荷的房门边不知道什么时候多了一个人。

他斜靠在门框边，阳光从背后打进来，染成一个高挑的光晕。

薄荷眯着眼睛调整了半天的焦距，也没看清他的脸。

"是谁？鬼鬼祟祟的。"

"光晕"走进来："乔总真是贵人多忘事，连我都不记得了。"

薄荷定睛一看，是个跟乔也年纪差不多的男士，身穿一件玄青色的真丝衬衣，一条黛色的西裤没有一点皱褶，皮带上的金色蛇头标志，彰显着主人不俗的才气和品位。

明明是个年轻的精英打扮，却又偏偏生得明眸皓齿，健康肤色的脸上，嘴角微微上扬，右边的脸颊上有一个浅浅的单边酒窝，一双桃花眼自带笑意地看着薄荷。

薄荷感觉自己心底深处的某个地方像是悄悄被人揪了一下，轻微的痛感，让他警觉到，面前这人跟乔也的关系肯定不简单。

见到他就心痛，难道说……面前这个男人，他欠了乔也的钱？

不过，现在真的乔也不在，就算真欠了钱也"死"无对证。不如去他家混吃混喝几天，吃点利息回来！

想到这里，薄荷立刻笑眯眯地迎上去："我最近感冒了记性变得很不好，这位帅哥怎么称呼？"

似乎薄荷靠得太近，"光晕"不适地往后退了一点。

"利久良冰。"

名字好长，有点怪，不过没关系。

"冰哥，你刚刚是说，我去你们餐厅吃饭不用钱吗？太好了，我们现在就出发吧！"

"乔也，你又玩什么花样！"良冰之前明明还是一副不羁的样子，看见"乔也"变得这么轻浮突然又暴躁了起来,"我不管你装成这样想要干什么,我今天过来是想告诉你,我回来了,我不会白白消失,我这次回来就是为了打败你!收购整个乔木有期!"

薄荷眼睛滴溜溜转了几圈偷偷回头问荣林:"荣叔,收购是什么意思?"

良冰却被他这种故意的挑衅气得眼睛都红了:"乔也!我不管你今天装疯卖傻玩的是哪一出,总之我告诉你,再过三天就是'本味'大赛,到时候我是不会手下留情的。如果你输了,你就把这块招牌摘了卖给我!我走了,回见!"

薄荷被突如其来的变化弄得一头雾水:"荣叔,他是谁?"

"你真的不记得了吗?"不知道什么时候,乔迟已经站在了门口,"这么多年过去了,还是只有哥能随随便便就惹火他。"

薄荷看到乔迟,内心忍不住再一次感慨,乔家的基因真是不错,乔也已经帅得人神共愤了!而这位亲弟弟简直是让修女看了都想犯罪的长相!

帅哥都集中到一起了,还有没有天理!

虽然内心是澎湃的,但薄荷却故意收起嬉笑的表情:"哦,看来我们是老冤家?我最近睡得太多了,很多事我都想不起来了,连他都忘记了。"

"我早就知道你是薄情的人,却没想到你连良冰哥都忘记了,他为了你的一句话整整把餐厅关了三年!"

"阿迟,你出去吧,我说过了,没有我的允许,不要进我的房间。"

望着渐渐关上的房门，乔迟净白的脸变得更加苍白，漆黑的眼睛蒙了一层雾气。

荣林轻轻拍了拍他的肩膀："你哥太累了，你父母在的时候，他只是你哥，你父母出了意外后，他首先得是整个餐厅的负责人，其次才是你哥，他只有二十四岁却要接管一个有百年历史的中西餐厅，他压力很大，你要理解他。"

"荣叔，我不明白，他为什么对所有人都是和颜悦色，偏偏对我这么残忍？"

"小迟，有些事，你越想越不明白，还不如静静等待，说不定哪一天答案就自动出来了，你回房间去休息吧，不早了。"

乔迟转身的那刻，门里突然传来乔也的声音："你去告诉良冰，'本味'之赛我会按时参加，也请他拿出全部的实力来。"

门里薄荷仰面躺在床上，哎呀，感觉刚才差点就要被乔迟发现了，只能下次见他的时候装更凶一点了，好紧张好紧张……

花街是一条老巷，古时交通不变，食材都是靠运输。

运送食材的车七天来一次，花街的居民常常为了争抢最新鲜的食材而发生冲突。

为了避免不必要的冲突，人们约定，举行一场食物间的较量，每家每户拿出最拿手的菜式，最好吃的那家可以优先选择食材。这就是"本味"之赛的雏形。

随着时代的发展，交通变得便利，食材也不再匮乏，"本味"从平民家的争抢，变成花街餐厅之间的比拼。

花街每三年举行一次，参与者变成花街的两家餐厅——乔木有期VS冰火楼。

胜利者除了可以赢取丰富的奖金，更能得到未来三年最好食材的优先权。

今年的"本味"之赛设在本月十五。

荣林早早代表乔木有期抽了签，今年的主题只有一个字——鲜。

对于这个主题荣林表示不安，冰火楼属于粤菜餐厅，对鱼虾蟹类的把控明显比乔木有期占优势。

但薄荷却胸有成竹，毕竟对于"鲜"这个主题，没有谁比一只猫更有发言权！

经过一周的筹备和策划，乔总（薄荷）亲自选定了三道比赛的菜品，分别为：

御沟红叶：白露过后第一网的红娘子（日本绯鲤）最为鲜甜，细腻无骨的肉质配以足月陈酿的台湾凤梨酱调味。稍微煎炒，配以荷兰青豆装盘。

金玉良缘：当天空运的挪威三文鱼切一厘米左右的丁配以厄尔多瓦熟透的牛油果切同等大小再加入少量意大利南部那不勒斯湾的柠檬酒，新鲜薄荷叶点缀提香。

十二珠帘：十二种不同品种的螃蟹，取其蟹肉，调以蛋清捶打制蟹肉丸，顶上分别点缀四两以上的阳澄湖大闸蟹的蟹籽和蟹膏，摆成太极图型，清蒸，吃时沾以一种海鱼制作的秘制蘸料。

三道菜试做了一次，非常成功，玛丽美、小井纷纷舔盘。

刀爷挥舞着他那把祖传东阳切片刀，膨胀的自信又上升了五十个百分点！

荣林立刻开始编辑新的食谱，打算比赛一赢就立刻推出胜利套餐！好好地赚上一笔！

就连平时一看见薄荷就叫个不停的蠢狗比巴卜，在吃了鱼骨头拌饭后都满足得只剩摇尾。

试吃过后，大家纷纷回房休息，只有薄荷静静地趴在鱼缸边出神。

不知道什么时候，乔迟站在了他身后。

"是在为比赛的事情担心吗？其实我们已经九年没有赢过了，你也不要有太大的压力。"

"你现在是在安慰我？"作为薄荷本猫来说，它其实并不是很喜欢乔迟，它刚被乔也领回来的时候，大家都围着它逗它，只有乔迟远远看着，露出冷冷的眼神。

乔迟在乔也领了薄荷回来之后的第二天，就不知道上哪儿买了一只巨大的雪白色萨摩耶——比巴卜。

比巴卜这个蠢货个头极大，每次飞扑过来薄荷都会被弄得一身口水，并且智商不足热情过度。

因为对比巴卜的嫌弃，导致薄荷对乔迟也有了一些间隙。

作为乔也的亲弟弟，他们的关系似乎很微妙，平时很少说话，乔也对其他人都是和颜悦色，唯独对这个弟弟十分严厉，就算是和其他人犯了一样的错，乔迟也是单独加倍的惩罚。

餐厅里的人其实都很怕乔也。

虽然他平时待人温和，但什么事决定了却是说一不二。

私下甚至有人传言，乔也对乔迟这么严厉，是跟他们父母的意外去世有关……

薄荷突然感到背上一暖，有什么东西轻轻地贴在了上面。

松软的棉质开衫，带来了舒适的温热，一股青草新芽的香味淡淡地弥散开来……

"哥，要加油哦。"

背后的人离开了，薄荷还静静地趴在鱼缸前，回忆一度终止。

5. 输？一比一打平而已

转眼就到了"本味"之赛的日子。

花街之所以叫花街，是因为古时，这里出了一位十分得宠的嫔妃，皇帝为了讨其欢心偷偷命人在其家的街道两旁，种满了108种不同的花树，春天梨花幽香一树洁白，冬天寒梅傲雪半枝微红。妃子省亲归家时，无论是一年中的什么时候都能看到街道两旁络绎不绝的鲜花。

提醒她：宫中有人思念，早早归矣。

"本味"之赛的现场就选在一棵百年的金桂树下。

评委是二十位抽签选取的饕客。

通过翻牌子决定了上菜的顺序。

薄荷其实是第一次参加这样的比赛，四处都觉得很新鲜。

风吹来一阵金桂的香气，薄荷舒服得恨不得就地舔毛。

相对而言，餐厅的其他人显得紧张很多。

荣林穿着一身黑色的燕尾装死死盯着计时器，玛丽美号称去侦察敌情，消失了。刀爷破天荒地躲在角落里抽了根烟。

乔迟穿了一身白色的休闲衣，远远地看着，薄荷眼神跟他稍有接触，他便立刻转过头去。

小井倒是心态良好，牵着比巴卜在跟围观群众里的漂亮姑娘搭讪。当然别说是一场比赛，就算餐厅倒闭了他也不会在意。

第一道菜，冰火楼先出。

冰火楼的第一道菜并不华丽，却让乔木有期的所有人大吃一惊！

冰火楼的第一道菜！竟然！也是糖醋红娘子配以台湾凤梨酱！和他们所准备的一模一样！

本来信心满满的所有人一下子都措手不及，如果菜和配料都是一样的话，基本上谁先出菜谁就赢了……

隔着人群，薄荷仿佛看到良冰嘴角一抹不易察觉的微笑。

所有人都等着薄荷做出一个当机立断的决定。

过了十分钟，薄荷轻轻地说："放弃吧。"

荣林："乔总，我……"

薄荷："没用了，这一局我们输了。"

玛丽美不知道从什么地方跑出来，扯着薄荷的耳朵就吼："乔总不好了！他们的食材跟我们准备的一模一样，按照先前抽签出菜的顺序,第一局是他们先出,第二局是我们,第三局又是他们,如果三道都是一样的菜,我们输定了啊!"

小井:"他们怎么知道我们要做的菜是什么?"

荣林:"除非……"

薄荷:"除非有人身在曹营心在汉!"

刀爷:"太可恶了!找出来是哪个孙子做的,看我不一刀劈了他!"

第一局乔木有期放弃,围观群众一片哗然。

第二局马上开始,刀爷着急开始处理早上空运来的挪威三文鱼。

薄荷却拦着他,偷偷说:"先别急,等我说开始再开始。"

九月的天,刀爷和荣林都紧张得出了一身大汗,比巴卜更是热得趴在树荫下猛抖舌头。

眼见着冰火楼的"金玉良缘"已经基本制作完成。

刀爷急得内心都在咆哮:"这王八犊子,连名字都一样!"

小井已经勾搭着玛丽美在翻看手机里的招工启事,看来餐厅要倒闭了,要早点找个下家啊。

又过了一刻钟,离规定时间只差五分钟,刀爷已经垂头丧气地预感到第二轮又是弃权……

突然,薄荷跳起来,冲他眨着眼睛,就是现在!

现在!马上!

刀爷不愧是花街第一刀神,用最快的速度从冰柜里取出三文鱼,切成一立方厘米的肉丁,再加上厄尔多瓦牛油果丁。三文鱼带着未解冻的冰凌，熟透了的牛油果软腻，普通人一切就烂。

五岁跟师学艺的刀爷当然不是普通人，他的刀法在花街称第二就没有人敢称第一，每一刀的力道和速度都把握得恰到好处，几乎听不见刀与砧板触碰的声音，三文鱼就切得晶莹剔透，牛油果也切得边缘清晰，粒粒分明。

凉拌在一起，粉色的三文鱼配着青绿色的牛油果，拌上金黄色的柠檬酒，入口即化，鲜甜四溢。

最妙的是，三文鱼刚刚从冰柜里取出，每一个都晶莹剔透带着薄薄的冰凌。

一口下去冰冰凉凉的不仅消除了牛油果的油腻，更增添了三文鱼的甜度。

相比之下，冰火楼的"金玉良缘"因为提前做好，导致冰凌早已完全融化，鱼肉变得软黏没有韧性，柠檬酒都盖不住的腥气也跑了出来。

仅仅只是利用了一个时间差，薄荷就扳回了一城。

第二局，乔木有期赢。

虽然赢了一局，但按照之前抽签的决定，第三局仍然是冰火楼先出菜。

三局两胜，到时候自己还是会输。

怎样才能在菜品一样时间又没有优势的情况下，赢过对方呢？

薄荷脑袋都要想爆炸了，一抬头又看见良冰那双冷冷的眼。

靠，乔也是欠了他钱吗？至于这么针锋相对吗？

第三局眼见着就要开始了，薄荷却突然失踪了……

等到第三局进行到二十分钟，刀爷已经手起刀落，一口气分解了十二只螃蟹。

薄荷突然远远地扛着一个架子和一袋什么东西跑了过来。

"螃蟹留给你们吃，我亲自做个菜给他们尝尝。"

不仅仅是荣林和刀爷，所有在场的人都惊呆了。

让他们惊讶的并不是薄荷的豪言壮语，而是他拿出来的东西：一个普通的野外简易烧烤架、几根木头、一袋子羊肉。

"哈哈哈，看样子乔总是要给我们烤羊肉串吃！"

"乔总，要不要给你配顶八角的小帽子？"

"期待那道'十二珠帘'好久了，不会最后就让我们吃这个吧？"

围观的群众议论纷纷，薄荷却像听不见一般，专心地开始生火、串肉、烤羊肉。

让所有人跌破眼镜的是，薄荷亲手制作的看似简陋的烤羊肉串受到了评委的一致好评。

谁说"鲜"一定要用水产，别忘了"鲜"有一半是羊字！

最终，乔木有期以出乎意料的 0.2 分的优势赢得了第三局！

虽然看起来是烤羊肉，却不是普通的烧烤那么简单，奇异地带着原生的香气，像春末里樟树的新芽又或者是初夏里第一道漂洋过海来的暖风。

让人熟悉却又想不起在哪儿闻过的味道，袭击着每一个人的嗅觉。

原本嘈杂的比赛现场，突然之间变得异常安静。

仿佛闻到了的人，都有一些遥远而又美好的记忆被唤醒。

幸福的同时，又好像，有那么一点点忧伤呢。

有研究显示，在人类感官中，嗅觉是最敏感的，鼻子可以记忆一万种味道，而每一种味道都能唤起，你曾经的某段记忆。

薄荷扶着荣林险些惊掉的下巴解释道。

"我只是用了一点点十年前的香料，让他们的记忆穿越到了从前。"

没有什么美味可以打败记忆中的香甜。

就好像，你曾经穷困潦倒时吃到的那一碗泡面。

一定是你这辈子吃过最好吃的面！

薄荷庄重地从花街举办者的手里接过"本味之神"的奖牌，以及未来三年的最好食材的优选权。

薄荷拿着奖杯，耳朵里全是欢呼声，乔迟还是站在一个远远的地方，静静地看着他，眼神里有一种如释重负的轻松。

薄荷头一次感受到了生为人的一点乐趣。

在锅碗瓢盆的烟火气中的一丝生气一丝情谊一丝似乎叫作梦想的萌芽……

一身黑衣的良冰凑到薄荷耳边："这次让你赢了，下次就没那么简单了。"

小井："你现在已经输了，还想怎样？"

良冰："输？一比一打平而已。"

说完，良冰挥挥手，人群里走来一个白衣少女，黝黑的头发散落在肩头,一双葡萄似的眼睛,盯着薄荷,似笑非笑,带着一丝挑衅。

小井惊呼了起来:"白娅?"

白娅:"嗨,乔也……好久不见。"

【乔迟日记】

3月7日 天气:阴

爸妈,今天是你们离开的第1277天,我想去厨房帮工,却被乔也遏止了。

我想他一定还没有原谅我吧。

谁会原谅一个害死自己父母的浑蛋呢?

第1277次对不起。

3月15日 天气:晴朗

今天天气很好,哥哥从外面捡了一只猫回来。

全身的毛都是黑的,眼睛透着莹莹的金色。有一点胆小,躲在客人的座位底下不肯出来。

餐厅里的人都围着逗它。

它啃光了你精心种植的薄荷叶,你非但没有像平时对我那样声色俱厉,你还给它取名叫薄荷。

吃过饭后,它走到我的脚边转来转去,它很漂亮,但我突然很讨厌它!

连它都可以拥有你温柔的目光,为什么对我永远是严厉!是不满!?

或许,我的出生就是上帝犯的一个错误。

5月9日　天气:晴朗
你有了新的女朋友,这很好。

5月10日　天气:晴朗
记得小时候我们俩一起在外婆家领养的那只小白吗?
后来它病死了,我们俩一起去埋了它。
你说你以后如果再养狗的话,一定要是白色的。
所以我选了号称拥有天使般笑脸的萨摩耶。
因为它长得像一个巨大的白色泡泡糖。于是,我给它取名"比巴卜"。
我喊了它两声,软软胖胖的小家伙很乐意的样子,动不动就赖在地上打滚。
你已经拥有了新的伴侣。
我也要鼓起勇气开始新的生活。

5月13日　天气:晴朗
臭狗毁了我的拖鞋!天使个屁!

5月14日　天气:晴朗
比巴卜追了薄荷一整天。整个餐厅鸡飞狗跳。

5月26日 天气：小雨

心情糟透了。

今天跟你吵了一架，我摔了你最爱的那套骨瓷，你一定很心疼吧。

呵呵，原来任性的感觉这么好。

你狠狠地盯着我的眼睛，气得说话都在颤抖。

我突然觉得有一丝愉悦。

你很久没有这么正眼看我了。

你知道的，是我故意推了那个讨厌的小男孩一把，他才撞到了桌角。

我也不知道自己怎么了，或者是他穿的红色的背带裤太刺眼，又或者是他手上拿着熊型的棒棒糖。

三年前，如果不是我坚持要吃杏仁口味的熊型糖，爸妈也不会深夜开车出门。

如果他们不开车出门，也不会撞上那台16轮的大挂车了……

你一定很恨我吧？

恨我任性，恨我不懂事，从小到大不是打架就是降级，害你这个当优等生的哥哥丢尽了脸。

恨我害死了爸妈，完了还是这么不上进，让你一个人打理这么大的餐厅。

那么优秀的你，却有一个如此顽劣的弟弟。

有时候连我自己都很厌弃自己。

既生瑜，何生亮。

或许，我不应该叫乔迟，应该叫乔多余……

6月1日　天气：晴朗

今天是六一，玛丽美那个可怕的女人，几天前就在餐厅里挂满了五颜六色的气球。

好好的一个中西餐厅被她打扮成了街角五元一日游的廉价儿童乐园。

这么恐怖的品位，简直不敢相信我们相处在同一个屋檐下。

我本打算起床之后就直接出门，等过了晚上十二点再回来。却没想到醒来的时候，感觉枕头底下硬硬的，好像多了什么东西……

用手摸了两下，一根熊型的棒棒糖。

((o(^_^)o)) 忍不住有一点点的开心。

7月7日　天气：晴朗

乔也，你今天吃错药了吗？！

7月9日　天气：晴朗

这两天不知道怎么回事，感觉餐厅里的人都奇奇怪怪的。

尤其是乔也，他醒来的时候，竟然当着我的面把腿举得比头还高！

被我发现他偷偷练瑜伽后就恼羞成怒地让我滚出去。

并说以后谁都不可以进他的房间。

比巴卜最近也像发了疯一样，一看到乔也就追着他吼。

感觉头都要炸了。

7月10日　天气：晴朗

今天有人来餐厅里闹事。

曾经的出了名的洁癖王，为了维护餐厅的利益，吃了一盘虫子。

说真的，看着乔也吃比我自己吃还让我觉得难过。

那帮闹事的混混最后灰溜溜地走了。

当然，他们并不知道他们喝的茶已经被我换成了加量桃花干泡水（￣^￣）祝他们明天不要拉在裤子上。

另外，为了让乔也快点代谢掉虫，桃花茶我也给他泡了一壶。

7月15日　天气晴朗

良冰哥，回来了。

7月26日　天气：晴朗

离本味大赛开始，不到十天了。

今年的主题是一个"鲜"字。

为了今年的比赛，不爱吃鱼的乔也已经试了半个月的菜，一日三餐都要求必须有鱼。

但他再努力也没有用。

我们的菜单早就在小井选购食材的时候暴露了。

冰火楼为了保险，肯定会跟我们选一模一样的菜式。

到时抽签，如果抽到冰火楼先出菜，我们可就危险了。

8月13日　天气：晴朗

终于想到了！

鲜字除了有鱼还有一半是羊！

海鲜、河鲜，最大的缺点就是口感太过轻浮，吃下去胃里没有被热气包裹的满足感。

羊肉恰恰可以弥补这一点。

如果最后一道菜是烤羊肉的话，我们的胜算会高出很多！

但要做出真正好吃的烤羊肉，不是一件简单的事。

炼炭的木头最好是生长在沙漠里的胡杨木，胡杨木本身特殊的类似坚果和草原气息的烟熏香气，能让羊肉增添一种独特诱人的香气。

其次是串烤的木棍。沙漠的红柳枝在剥皮后会分泌出有点黏稠的红柳汁液，串上羊肉后在炭火的熏陶下，不但可以分解掉羊肉的膻味，还会把红柳树特有的香味散发到肉心里。

结合全国品质最好的南疆"运动羊"和十年制的"老香"，乔木有期一定可以一局取胜！

离比赛还有几天，我应该，可以搞定这些材料！

第二章
回心转意欧培拉

1. 毕竟我（只是你们家的一只猫啊）

纳普勒斯的落地水晶灯散发出一股晶莹剔透的蜜色光芒。

留声机静静放着《Ghost》的主题曲："Lonely river sigh, wait for me, wait for me……"

然而并没有人去在意这首歌唱的是什么。

因为在他们听来有一个声音比《Ghost》里唱的还要好听一百倍！

"这个月除去水费电费……工钱成本……还清前几个月的欠款……总共还剩下 8312.8 元！"

大伙听闻一阵欢呼！因为"本味大赛"的取胜，乔木有期再次逆转。

不但填补了前几个月的亏损，还小有盈利！

小井和玛丽美开心地抱在了一起——不用重新找工作了！

荣林也松了口气，短时间也不会沦落到洗盘子和端盘子了。

只有刀爷最淡定，这位花街的第一刀神，在大赛后又精进了刀法，憋一口气的时间能片出286片薄羊卷。

"因为乔总，最近整个花街都疯狂地爱上了我们餐厅的红柳枝串烤羊。"

"感觉此菜一出，其他肉类都黯然失色！"

"那是，我们乔总往那儿一站，其他的人也都黯然失色，哈哈……"

"对了乔总，当时时间紧急，我没有来得及细想，回来想想总觉得好奇，这些食材都这么特殊，当时时间那么紧急你是怎么找到的啊？"

薄荷想了一下老老实实地回道："嗯，我闻着味儿找到的。

"比赛前几天我在花园里面散步（扑蝴蝶），走着走着（蹿着蹿着）就闻到一股异香，仔细辨别之后，发现那股异香是从花园的地下传来。"

小井："我天天都牵着比巴卜在花园遛弯，我怎么就没闻到过？"

薄荷："废话，你又不是（猫）我！你怎么可能闻到。不要打断我讲故事，刚说到哪儿了，哦对，花园！异香！

"我随着那股异香，围着周围找了一圈，在一棵落着叶子的银杏树下发现了一个开关，扭了一下就直接掉了下去。

"然后我发现了一个巨大的，至少有上百年的地下室。

"地下室内冬暖夏凉，很利于食物的保存，不知道是谁将一部分上好的食材藏到这里。

"我当时进去逛了一圈，都是一些很珍贵的食材，像充血的鹿茸、千年的人参，还有一些我不认识的植物，当时也没太在意就出来了。

"那天比赛正好想起来就去地下室拿了一些。"

薄荷说着说着突然发现,大家脸色都有点不对。

小井:"乔总,你不会是今天才知道自己家的地下室吧?"

薄荷(汗):"怎么会,我早就知道了,我以为你们不知道而已!"

小井:"可……那本来就是我们餐厅的储物室啊,我们每天都要去下面拿食材的。"

薄荷正在想完了完了露馅了!就听见荣林突然说了一句转移了大家的注意力。

荣林:"地下室里南疆的运动羊可能有一点,但我不记得有胡杨木和红柳枝啊?"

薄荷摊了摊手:"我也不知道,毕竟我(只是你们家的一只猫啊)也是正巧看到就拿出来了……不过,我发现了一个有趣的盒子。"

说罢,薄荷从口袋里掏出一个金丝绒锦珐琅镶边的红盒子,但让他没有想到的是,其他人看到盒子的反应让他有点意外。

小井和玛丽美张着嘴互相看了眼对方,不自然地把头低下,说了声"乔总我们做事去了",就赶紧闪了。

荣林立刻把盒子拿了过去,想要藏在自己的衣服底下,但他还是晚了一步。

乔迟直接走了过来,盯着薄荷(乔也)的眼睛,他的拳头无意识地握紧,没有人说话,也没有人发出任何声响。乔迟就这么死死地盯着薄荷,气氛死一样沉寂,眼睛红得都要滴出血来。

时间仿佛凝固了一般。

最后，乔迟头一低，背过身去："哥，你到底要我怎样，是不是要我也死了你才会原谅我？"说完就快步走了出去。

荣林怕乔迟出什么意外也追了出去。

薄荷看着乔迟离开的背影，胸口的深处狠狠地抽了一下。

他不明白在这之前发生了什么，也不明白大家为什么会有这样的反应。

他只觉得脸上痒痒的，手一抬，不知道什么时候，泪水流了一脸。

薄荷想，对于乔也来说一定是个很伤心的事，不然，他的心怎么会那么痛。

2. 薄荷想来想去，觉得突破口只有一个，就是——白娅！

又是一个生意惨淡的下午。

乔迟不知道去哪儿了，小井、玛丽美、刀爷围在一起打斗地主，荣林在看财务报表，薄荷趴在一片日光下，打瞌睡。

突然，门口的风铃响了，荣林立刻跳起来推推小井："快快有客人上门了！"

一身黑色的修身衬衣，一条爱马仕的经典工字皮带，不是良冰又是谁。

小井："你来做什么？"

利久良冰："吃饭啊，不然还能做什么。"抬头看了一眼玛丽美，"难道你们这儿还有别的服务？看你的样子不太像啊。"

玛丽美夸张地哼了一声，丢下一本菜单："先生，请问你要吃什么，今日王八特价。"

  利久良冰优雅地一笑，说了声："Lady first."就把餐单递向另外一边。

  跟着利久良冰一起进来的还有一位少女，白净的脸，葡萄似的大眼睛。

  薄荷觉得眼熟，想了一下好像是那天"本味"大赛上，良冰带着的那个少女，不同的是，那一次少女的头发还是黝黑笔直的，这次就染成了卷翘的芭比金，配上夸张的碧绿色美瞳，看起来更加轻灵俏皮，加上她毛茸茸的白色披肩就像一只……像一只……

  薄荷看了半天突然开窍了，对了！像只大波斯猫！

  白色毛很软的那种！

  餐厅里其他的人看着他们的乔总一脸忧伤地盯着良冰身边的女伴，前任相见分外眼红，大家纷纷同情地捂住了胸口。

  玛丽美低声对小井说："利久良冰到底跟我们乔总有什么仇啊，平日里就老跟我们餐厅过不去，我们一上新他们就打折，还专程派人站在我们店门口发优惠券，现在倒好抢完客人还抢女朋友。"

  小井："什么叫抢啊，良禽择木而栖，良冰又帅又会讨女孩子欢心，相比我们乔总，虽然吧也很帅，但总喜欢板着一张脸，还特别抠门！我听说啊白娅跟乔总谈的这一年里，他们都没有去过乔木以外的餐厅吃饭！女孩子最讨厌抠门的男朋友了，白娅跑了也很正常啊。"

  路过的荣林满脸黑线地敲了一下小井："良禽你个头，哪有你这样，形容女孩是禽的，还不快去给客人上菜！"

  小井摸着被敲疼了的头去端菜，发现良冰点的菜分别是：龙凤意面、绝配双味牛排、情意绵绵芝士焗饭、天长地久沙拉、甜蜜蜜红豆双皮奶、鸳鸯奶茶外加一份爱心土豆饼。

靠,这哪里是吃饭,分明是在秀恩爱!

小井愤愤不平地拉着玛丽美和荣林挤到乔也跟前。

小井:"乔总,只要你一句话,我立刻就轰他们走,他们不走我就打得他们满地找牙!"

荣林冲着小井的头又用力敲了一下:"东西打烂了你赔啊!进门的都是客,我看还是给他们的菜里下点毒药算了。"

荣林:"开玩笑的,现在处方药都限购了,我看还是想个什么办法,把白娅给哄回来,我估计啊她就是跟我们乔总闹了点别扭,故意找了个人来气他。"

玛丽美一撩大腿:"要不!就用美人计吧!勾引走良冰,白娅自然就回头了。"边说边拨弄了十几下头发,一脸老娘随时可以为餐厅牺牲的样子。

小井:"别逗了,我们餐厅哪里有美人啊,美男倒是一堆。"

玛丽美一巴掌拍在小井头上:"你行你上!"

小井(为什么每个人都要打我的头,呜呜):"别,我看还是乔总自己上比较好!"

荣林:"嗯,良冰太嚣张了,我们一起帮着乔总把白娅追回来吧,给他一个下马威!"

员工们在叽叽喳喳争吵,薄荷却破天荒地安静着。

最近几天他一直在思考:乔也到底去哪儿了?那个红色的锦缎盒

子里面装了什么，为什么每个人见到那个盒子就跟见了鬼一样？而乔也跟良冰又是什么关系，为什么良冰一直咬着他不放？

　　薄荷不敢直接问，怕问多了露馅，荣林这个老狐狸要是知道真相还不把他明码标价卖了，多么有历史性的发现啊，一只猫变成人！这可比当餐厅总事赚多了！到时候搞不好还会被一群科学家抓起来解剖研究基因突变实验。

　　太恐怖了！

　　想到这里，薄荷不由自主地抖了一下。

　　为了伪装自己真实的身份，薄荷努力忍住了不去扑墙角的飞蛾，就连他每日最爱的舔毛也是关在房间里偷偷摸摸进行。

　　他一定要赶紧找到乔也，把这些烂摊子都还给他！

　　作为胸无大志的猫，他这辈子的理想绝对不是打理好一家餐厅。

　　薄荷想来想去，觉得突破口只有一个，就是——白娅！

　　作为乔也失踪前最亲密的人，白娅一定知道一些什么别人不知道的细节！

　　想要从白娅那儿知道什么，首先得先把白娅从良冰手上抢回来！

3. 追女宝典

　　谈到怎么追女生，小井的积极性比怎么才能快速地清理好餐桌高了一百倍。

　　他热情地提供了 ABCD 四套方案供君选择：

A 苦情版 \\\\\\\\\\\\\\\\\\\\\\\\\\

假装得了什么了不得的家族绝症，找个周末坐在白娅家门口，千万不要敲门，一定要等她自己开门倒垃圾时，先用手肘卡住让她无法关上门，再一口血喷在她的衣服上，接下来用颤抖地沾着血的手狠狠握住她的手说：咳咳咳咳……我本来不想再打扰你，但……医生说我得了那不勒斯地中海西伯利亚败血症……我只想在你家门口静静听听你走路的声音，远远地看你一眼，我就……噗（再喷一口血）——此生无憾了……（小井：女生都特别有同情心，白娅看见你得了绝症一定会答应陪你度过人生最后阶段的要求。）

B 总裁版 \\\\\\\\\\\\\\\\\\\\\\\\\\

带白娅去逛街！什么贵买什么！没有什么事情是一个包包不能解决的！如果有，那就两个！
吃饭一定不能再在乔木有期了，哪家餐厅贵去哪家，不要怕远，开两个小时的车到另一座城市正好路上可以聊天，点菜的时候要有大龙虾，波士顿的那种！来两只！螃蟹只能吃正宗阳澄湖或者阿拉斯加帝王蟹！
好不好吃不重要，摆在桌上适合拍照发朋友圈满足白娅的虚荣心才重要！

C
初恋版

每个少女心中都有一个最柔软的地方，抓住这个最柔软的地方，胜利就指日可待！

带她回她曾经读书的地方，在操场散步，看着夕阳一点点沉下去，提前打听好，她读书的时候有没有什么特别遗憾的事，然后假装不经意地帮助她完成她少女时的梦！这个版的关键词是情怀！PS：一定要背双肩包，只有双肩包才能随时掏出矿泉水、纸巾、雨伞、MP3、口香糖……满足少女的一切细微需要！

D
奇葩版

有些时候，有的女孩子条件太好了就容易挑花眼。

还容易犯贱！

我们能做的，就是比她们还要贱！

这种时候千万不能按常理出牌，要反其道而行之！

人家夸她美，你就要说她丑！

人家给她送花，你就给她送草！

她考试你就害她迟到，她穿新裙子你就不小心在上面滴油。

这样一来，她绝对对你印象深刻，物极必反，等她对你的讨厌到达一定的程度，就会开始逆转了！

荣林:"B肯定不行,太浪费钱! A的话……太需要演技了(看了一眼乔也的面瘫脸),还是C或者D吧……"

薄荷:"那就选D吧,感觉比较简单。"

4. 所有的晦气都化为了许久不见原来是你啊的缘分

周日的早上,白娅选了一条米白色的繁重蕾丝的露肩裙,弄了一个中卷的栗子棕娃娃头,美瞳配合发色是安娜苏棕,外加一双白色的重蕾丝袜和一双棕色的小牛皮靴,脸又白又小,整个人就像橱窗里的芭比娃娃。

对面街的艾利薇今天上新,白娅摩拳擦掌地准备去扫货。

结果,白娅刚出楼梯口,一盆清水就从天而降,把她从头到尾浇成个落汤鸡,卷好的栗子色头发全贴在头皮上。

白娅一抬头就看见了嬉皮笑脸的"乔也"。

薄荷穿着休闲帅气的修身衬衣,修身牛仔裤裤腿卷到脚踝以上,阳光下自我感觉良好。

他用手撑在旁边的墙上,故意四十五度低头,酷酷地问:"不小心碰到了水桶淋到了你了不好意思,要不要我赔你一件衣服?"

白娅直接冲上顶楼,一巴掌甩在"乔也"脸上:"你神经病吧!"甩完头也不回地走了。

薄荷愣愣地站在顶楼,依旧保持着小井教他的男人最帅的四十五度角,心里恨恨地想,小井出的什么馊主意,看我回去不宰了你!

身为一只猫居然被人给抓了脸!

薄荷表示此事不能忍！本来只是无聊，想配合小井他们玩玩，现在他发誓一个月之内一定要把白娅追回来！

看着Boss一脸五指山地走进餐厅，本来坐着玩手机的小井、玛丽美，立刻飞一般地跑出去招呼客人。

荣林本来也想绕道，却被薄荷抓了回来。

荣林吓得半死，心想完蛋了，都怪小井出的下下策，看来彻底失败了，乔总的暗黑小宇宙要爆发了……

可让他没想到的是，"乔总"突然侧过脸去，把手撑在墙上，四十五度斜角对着他，问："帅不帅？"

荣林伸出大拇指："帅！我们餐厅第一帅！"

"那你扇我一耳光，快！"

荣林以为自己听错了，直到"乔总"重复了三次，他才颤颤巍巍伸出手，结果手还没有碰到薄荷的脸，薄荷就一个缩身，从他手底下钻了过去，然后反手"唰唰"几下，在荣林脸上留下十个抓痕。荣林一口气提到嗓子眼，惊吓得差点要背过气去。

薄荷抓完自言自语："嗯，当时没反应过来，应该这样才对，感觉很久没有出爪了有点不熟练。小井……小井你在哪儿，再过来让我试试……"

晚上吃完晚饭后，薄荷躺在露台的藤椅上，轻轻地摇晃。

藤椅舒缓的节奏，配合着微风，薄荷舒服地眯起了眼睛。

迷迷糊糊感觉有什么凉凉的东西，仿佛黎明时青草上的露珠，从他脸上一点点划过,有点痒痒的,又很舒服……

不知道什么时候,薄荷躺在藤椅上睡着了。醒来的时候,身上盖了一条薄毯。

脸上被白娅指甲划伤的地方多了一些药油,火辣辣的刺痛感,被药油的清凉所代替。

早上吃饭的时候,薄荷生气地发现,他每天必吃的鲜三文鱼、炙烤鳗鱼、金枪鱼和希鳞鱼全都不见了!取而代之的是一大盆青菜叶子和一碗白米粥。

薄荷:"我又不是兔子!"(我是只猫啊浑蛋!)

荣林:"乔总,今天的早餐是小少爷特地吩咐的,他说你脸上有伤,不宜吃海鲜,还是吃清淡点好。"

薄荷舔了两下面前的什锦沙拉,顿时生无可恋,决定出门去找找吃的。

刚出门,薄荷就碰见了白娅,这次的她穿了一件天蓝色的棉质衬衣,配一条破洞牛仔短裤,一双白色复古帆布鞋,腿又细又直,整个人透着一股干净阳光的青春气息。

薄荷想上去打个招呼,又担心她再次发飙。

薄荷只能默默地跟着,走了两条街,看见白娅进了一家甜品屋。

薄荷也鬼使神差地跟了进去,坐在角落里看着她。

突然传来一阵喧哗:"哟,这么漂亮的美人,怎么落单了,要不要哥哥陪你喝几杯?"

薄荷觉得声音耳熟,抬头一看,黄毛!

只见他又带着他霹雳帮的那几个小跟班，四处混吃敲诈。

看见白娅一个人坐在那儿，黄毛的手不干不净地就伸过去。

黄毛先是试探性地扯了下白娅的马尾，见白娅仍然慢条斯理地吃着面前的火焰蛋糕，黄毛又伸手拉住白娅胸衣的肩带轻轻一弹。

他还想再伸手时，突然旁边冲出来一个黑影——薄荷一头将他撞飞了出去。

两人同时摔到地上，惯性驱使，两人抱在一起滚了好几米。

黄毛带来的几个小弟，不由分说冲上去，一顿乱踢乱打。薄荷被面前眼花缭乱的拳脚招呼得分不清东南西北，只剩哀号的份。

更让薄荷受不了的是，黄毛哀号得比他还要大声，两人滚在一起，黄毛的惨叫声简直是震耳欲聋。薄荷不得不在挡拳的过程中腾出手来捂耳朵，感觉那群小弟平时受黄毛欺压过多，趁乱连着黄毛一起揍。

突然"咣"的一声，随着一声"不要打了"的巨吼，薄荷感觉有个什么圆柱体从眼前飞了过去。

等薄荷反应过来，一个巨大的不锈钢垃圾桶已经不偏不倚套在了黄毛的头上，垃圾桶里没有清理的垃圾散落一地，脏水顺着黄毛的头发滴滴答答流了他一身。

所有人都惊呆了，闯荡江湖多年的黄毛被扣在头上的垃圾桶气得浑身发抖，如果说混乱中的拳脚只是让他很不爽，那么这个扣在他头上的垃圾桶彻底惹恼了他！

黄毛当即发誓如果不拆了这家店他！就！不！姓！黄！啊不对，是不姓飞，啊也不对！到底姓什么，算了不管姓什么，他今天都要拆了这家店！

就在他卷起袖子准备动手时，扣垃圾桶的罪魁祸首主动站了出来！

一个至少有一百八十斤的胖妞，手里拿着擀面饼用的大号木棍，虎视眈眈地瞪着黄毛。

黄毛也不甘示弱，恶狠狠地回瞪着胖妞。

胖妞瞪着黄毛。

黄毛瞪着胖妞。

突然，两人异口同声地说出——

胖妞："你不是阿飞吗？"

黄毛："你……你……你……不是佳佳吗？你怎么胖了这么多？"

即使浑蛋如黄毛也有自己温情的一面，当他发现扣垃圾桶的女人就是他小学暗恋了六年的同桌时，所有的晦气都化为了许久不见原来是你啊的缘分。黄毛转怒气为羞羞，顶着滴着脏水的头，红着脸跟小弟们一起收拾甜品屋被他们打碎的餐具。

留下面面相觑的薄荷和白娅，万分尴尬地看着彼此。

白娅："你怎么还不滚？"

薄荷："滚不了，感觉腿好像扭到了。"

白娅："那也是你活该！谁要你跟踪我！变态！"

薄荷："那……你要不要看在我为了你受伤的份上，送变态回家？"

5. 回心转意的欧培拉

半个小时后，薄荷龇牙咧嘴地躺在乔木有期的餐厅里。

薄荷红肿的脚踝上贴满了刚从冰箱里拿出来的三文鱼。

白娅把他丢到餐厅门口就回去了，一路上薄荷想要没话找话地跟白娅聊天，无奈，回应他的都是白娅鄙视的眼神。

　　到底之前乔也做了什么对不起她的事，这么记恨，明明劈腿的是她啊。

　　小井牵着比巴卜准备出去放风，被薄荷叫住了。

　　比巴卜看见薄荷腿上的三文鱼，兴奋得直转圈，迫不及待地想要扑上来。

　　薄荷嫌弃地丢了一片给它。

　　最近薄荷找到了跟比巴卜和平共处的方式，就是丢东西给它吃，经过一周的投喂，比巴卜已经没有像最初那样一见到薄荷就狂叫了。

　　有的时候，比巴卜吃饱了还会冲着薄荷甩两下尾巴，一副老子知道你的小秘密但我不说的贱眼神。

　　薄荷偷偷凑到小井跟前："你知道，白娅为什么要跟我分手吗？"

　　小井内心独白：难道不是有人比你高比你有钱比你大方比你情商高吗？

　　小井："好像是白娅有一次在你房间的桌上看到了一个珍珠发卡，她觉得很好看想要戴在自己头上，然后你很凶地拒绝了她，并且几天都不出门见任何人，大家都说她找利久良冰是故意气你。"

　　薄荷："那你说，我多买几个发夹送给她，她会不会就原谅我了？"

　　小井："我可不敢给你乱出主意了，上次你被白娅扇巴掌，荣林扣了我半个月的工资。我知道有个论坛，要不你上去咨询一下？"

深夜，薄荷打开了小井介绍的"有心事"论坛。

论坛的背景是浮夸的电光色，各种红的绿的激光配合着怪异的金属电音，心情也跟着诡异了起来。

论坛是免登录的，每个人进去，系统都会自动给你分配一个名字。

薄荷得到的是"忧郁的卡布奇诺"。

每个人在被系统安排了新的身份后，都变成一个全新的虚拟存在，大家在论坛里畅所欲言，问一些平时不敢问的问题，说一些谁也听不懂的疯话。

"忧郁的卡布奇诺"在论坛里逛了一圈发现有个宠物专区，进去就看到了无数让他脸红心跳的问题。

"方形桃子"问：你家的猫嘘嘘的时候会跷腿吗？

"忧郁的卡布奇诺"回复：就跟女生有时候也会站起来尿尿一样，偶尔心血来潮有意为之不必在意。

"赫拉CC"说：重大发现！蛇跟猫都是同一个物种，理由，它们都吃老鼠。

"忧郁的卡布奇诺"回复：这位同学，我有必要提醒你猪也吃白米饭。

"万宝宝"问：我想娶我们家的猫，你们同意吗？

"忧郁的卡布奇诺"回复：我们同不同意不重要，重要的是它同不同意？虽然我从你的语气中感觉你是一个连树都爬不上去的屌丝，但你还是可以认真问一下你们家的猫，如果它耳朵向前就是拒绝，耳朵向后就是同意，少年用你的真诚去打动它吧！

回答完一些愚蠢人类的提问后，薄荷自己也郑重地发了一个。

"忧郁的卡布奇诺"问：如果你想追一个讨厌你的人，要用什么方法？

一分钟后就有一个新人回复。

"夕鬼"回复：既然她讨厌你，你为什么还要去追她呢？

"忧郁的卡布奇诺"回答：因为我想知道一些事情的答案，而这些答案只有她才能告诉我。

"夕鬼"回复：那你爱她吗？

"忧郁的卡布奇诺"回答：不爱。

"夕鬼"回复：那你喜欢她吗？

"忧郁的卡布奇诺"回答：可能曾经的"我"喜欢过她，但现在的"我"谈不上喜欢，只是，觉得她很特别！

"夕鬼"回复：那我教你一道回心转意的甜点吧。你照着我说的去做，她吃了一定会回心转意的。

夕鬼回复完最后一条就下线了，过了几分钟，薄荷收到了一份匿名的站内信，信的内容是一道甜品的制作方法。

薄荷查了一下，这个甜品叫作 Opera（欧培拉）。

Opera 是款有着数百年历史的蛋糕，它的食谱出现在二十世纪，但在这之前，更早以前的人们便已经开始制作它了。

传说夹着坚果、酒味、糖液的 Opera 最初起源于中东，罗马人将它学会并于征战欧洲时将它带到欧洲。

传统的欧培拉共有六层，包括三层浸过咖啡糖浆的海绵蛋糕，以及用牛油、鲜奶油和巧克力奶油做成的馅。

夕鬼教薄荷的方法里，却把其中的一种糖浆替换成一款欧洲古老葡萄园酿造的葡萄酒。

薄荷带着将信将疑决定试试。

准备隔水融巧克力的时候，薄荷突然发现他准备好的黑巧克力块不见了。

不知道是谁，将一块布纹纸包裹的小盒子放在薄荷的脚边。

小盒子里面，有一层软锦刺绣，嵌着一颗金箔包着的圆球。

薄荷闻了一下，一股浓郁的巧克力香甜。

不知道是谁放这里的，看包装应该是很不错的巧克力吧，正好原来准备的材料里的巧克力不见了，先拿这个代替一下吧。

薄荷没多想就放了进去。

6. 我们……为什么会分手？

白色欧风的铁艺床上，白娅正跷着脚在晒她涂在脚上的指甲油。

她刚涂了一个水晶芭比粉，要坚持一下，干透了才能下床，不然拖鞋一摩擦肯定得花。

"一、二、三、四、五、六！"

嗯，还差一个就可以凑成一周系列了。

白娅看着墙角边一排 BV 包包满意地又数了一遍。

除此之外，还有十几个其他品牌包包，已经多得柜子都装不下，像杂货一样堆在地上。

身后的衣柜里，五颜六色的衣服满得马上就要溢出来。

就连梳妆台上，丝绒锦缎的三层首饰盒也满满当当，多一对耳环都挂不下。

这就是跟了良冰之后的好处吧，白娅的嘴角浮起了一丝笑意。

自从两人确定关系以来，良冰从来没有拒绝过任何她的要求。

两人一起逛街，任何东西，不管多贵，只要她多看两眼良冰就已经开始刷卡。

经常一个系列全部买下，名牌店的会员卡，从 VIP 换成 VVIP 再换成钻石 VVIP，服务员殷勤的奉承和羡慕的眼光总是能满足她少女的虚荣心。

哪里像当时跟着乔也，别说逛街了，饭都没出去吃过几次。

想到乔也，白娅在心里翻了一个大大的白眼。

一阵三十二和弦的复古电音响起。

糟了，早不来人晚不来人，偏偏这个时候有人按门铃。

白娅看着还没有干透的指甲油，痛苦地在床上撑了很久，无奈按门铃的人意志力惊人，连续十分钟从未放松。

白娅被电铃声吵得焦虑不已。

她只能一屁股坐在地上，小心翼翼地用屁股的力量往门口挪，尽量不让脚趾碰到地板。

等她好不容易举着手把门打开，眼前的景象却吓得她惊声尖叫起来！

一张巨大的长满白毛的脸，喷着热气凑到离她的脸只有一厘米的地方。

白娅尖叫着，手脚屁股并用地往后滚了好几米。

好不容易冷静下来，她才看清，门口蹲了一只一脸傻笑的萨摩耶，傻狗的背后还站着一个熟悉的讨厌身影。

"砰！"

白娅砸了一个 LV 过去。

"你来干什么，我们不是分手了吗？"

"我……做了道甜品……"

"又想让我试吃是吗！我是免费的试吃员对吧！"

"我以前……也做过很多次甜品给你吃吗？"

"砰！"

一个 BV 飞了出去。

接着，一个 CHANEL、一个 Gucci、一个 Prada……

不一会儿，薄荷脚下就砸满了各种名贵的包包，那场面何止是壮观，简直要用奢侈来形容！

"带着你的蠢狗哪儿来滚哪儿去！我不想看见你！"

"汪呜……"比巴卜委屈地号了一嗓子。

不知道哪儿来的勇气，薄荷突然一股热气上脑，从比巴卜的脖子上取下一个帆布袋。

"啪"的一声，他把红色的食盒砸在桌上。

"你！必！须！吃！"

"我偏不吃！你能把我怎么样！"白娅还是坐在地上，但脸仰得比天高，一副比贞洁烈士还要贞洁烈士的表情！

"你……"

薄荷突然发现，在他生而为人的短短时间里，他根本没有学会怎么去对付一个女生。

更别说眼前这个刁蛮公主。他拿白娅毫无办法。

薄荷突然觉得自己跟门口被骂蠢狗的比巴卜一样委屈，他没有办法强迫白娅吃下这个花费六小时制作出来的甜品。

他也不知道白娅为什么这么生气。

他甚至不知道自己到底在做什么，这样做真的就能找到乔也吗？

薄荷陷入了有生之年的第一次沉思。

看着"乔也"一脸落魄地站在自己家，甚至……甚至眼眶有了一丝轻微的红润！

白娅坚硬的外壳突然就柔软了一点。

她踩着云朵般的步伐凑到"乔也"面前。

"为什么非要我吃这个甜品？"

"因为我想知道一个答案。"

"什么答案。"

"我们……为什么会分手？"

随着最后一声"砰"，白娅的门狠狠关在了薄荷脸上。

坚守在门口的比巴卜被门板拍得"汪汪"叫。

薄荷却像失去了知觉一样，站在门外。

在薄荷问完白娅那个问题之后，白娅认真地看着他："想知道为什么吗？"

没有一丝丝防备，散发着蔷薇甜香的白娅，像一只柔软的波斯猫那样，在薄荷的脸上亲了一口。

"我一辈子都不会告诉你！"

像吃了一斤蜜糖又马上被灌了一口辣汤。
酥酥麻麻的感觉顺着刚被亲过的地方一点点向四周扩散。
心跳快得离谱，脸也烫得不行，耳朵更是什么都听不见了。
那天薄荷在白娅的门外足足站了 39 分 41 秒。
直到听见她在里面隔着门说："甜品的试吃报告，我会给你的，不过你也要赔我一瓶新的指甲油！"

【乔迟日记】

8月15日　天气：晴朗
爸妈，我跟哥哥一起，赢得了今年的"本味"大赛！
你们在天上有看见对吗？
哥哥举起奖杯的那一刻，我终于又看到了他久违的笑。

8月21日　天气：晴朗
今天小爷心情好，浇了花，给比巴卜洗了澡，臭狗甩了我一脸水。
话说，好像很久没有看到薄荷了。
嗯，大概是发情跟什么母猫跑了吧……
（薄荷：你才夏天发情你们全家都发情！）

8月23日　天气：晴朗

最近哥哥笑得特别多，看见他这么开心，我也默默地很高兴。

我们，是不是都要走出那个阴影了？

8月24日　天气：晴朗

今天乔也穿了一件紫色的衣服。

虽然很好看，但我记得他以前最不喜欢紫色。

8月25日　天气：晴朗

今天，乔也穿了一件绿色的衣服。

8月26日　天气：晴朗

今天，乔也穿了一件粉红色的衣服！！

8月27日　天气：晴朗

今天午休的时候，我也在花园。

然后，让我感觉自己眼睛都要瞎了的是，我又看见你把左脚抬到自己的头边上。

万万没有想到！

你什么时候这么爱练瑜伽了？！

8月31日　天气：小雨

"本味"大赛过去两周了，今天是月底盘点的日子。

因为"本味"比赛的原因，这个月生意好了很多。

我很开心终于能帮你分担一些，不再是那个永远只能跟在身后拖你后腿的拖油瓶。

荣林问你最后一道菜的食材是哪儿来的时。

我感觉呼吸都停滞了。

从小我跟你就有一个约定，谁有什么好的东西，都会藏在那个地下室里。一来地下室方便储存；二来这是一个只有我们俩童年的秘密基地。

只是，你拿出了那个红色的锦盒，那是母亲去世前一周，我们俩一起去洗车店打工攒给母亲的生日礼物，再过三周她就要生日了，可她终究没有等到。

你忘记了盒子里是我们给母亲选的珍珠发卡。

你也忘记了我们一起在洗车店打工的无忧时光。

当你随意地把玩着这个我连看都不敢看的锦盒时，我承认我是真的生气了。

但，让我更生气的是。

你轻而易举地忘掉了，我怎么也不敢忘记的时光。

或许，我也该长大了……

第三章
陈先生的思念牛肉面

1. 少装蒜,白娅失踪了!

申时,乔木有期餐厅内。

薄荷正趴在一棵巨大的绿萝后面睡午觉。

"砰"的一下,有什么东西飞了进来。

薄荷不满地在心里咒骂了一万遍!轻拿轻放,懂不懂!别人在睡午觉!这么大噪音很没礼貌懂不懂!

薄荷定眼一看,飞进来的居然是小井。

薄荷围着小井嗅来嗅去地转了一圈,嘀咕,我是乔也的猫变的,他不会是一只鸟伪装的吧?不然怎么会直接飞进来。

薄荷找来找去,翅膀没找着,只看到小井胸口那个清晰的鞋印。

"哼,又泡了谁家的女朋友被揍了吧?"

小井委屈脸：明明是你！

　　逆光下，利久良冰站在门口。

　　薄荷嬉皮笑脸地贴上去："这位帅哥，欢迎光临。"

　　利久良冰一拳挥过去，薄荷一低头躲过。

　　"你发什么神经，难不成上次比赛输了不服气，想要过来撒气？那你反应也太慢了吧！都过了一个多月了！"

　　良冰一把抓住薄荷的肩膀，逼着薄荷退到墙角。

　　"你说，你把白娅藏到哪儿去了？"

　　"白娅？你在说什么我听不懂。"

　　"少装蒜，白娅失踪了！我看了监控，她失踪前最后一个见的人就是你！"

　　乔木有期被翻了个底朝天，白娅不知所终。

　　打累了的薄荷和良冰一同倒在草地上喘气。

　　一个腿上全是瘀青，一个脸上满是抓痕。

　　"乔也你到底是不是男人啊！打架还抓脸！"

　　"那也比你这个阴险狡诈的小人好，仗着自己腿长，踹我一裤子灰！"

　　"你这是找打，谁要你勾引我女朋友！"

　　"是我先认识白娅的！"

　　"先认识又怎样，她已经甩了你，选择了我，这次是我赢了OK！"

"你幼不幼稚啊，到现在了还什么都要跟我哥抢。"

良冰抬起头就看到，跟前站着一个白衣少年，有着比女生还要漂亮的一张脸。

"你是乔……迟？"

良冰想着，几年不见这小子真是越长越漂亮了，同是双胞胎兄弟气质却真的完全不同。

一个城府、一个阴郁。

唉，不过这两个完全不同的家伙都是一样的难对付！良冰一阵头疼。

"真不知道你们俩怎么想的，都到这个时候了，还有闲心打架，你们难道没发现白娅失踪了吗？"

"失踪！难道不是被乔也那个浑蛋拐走了吗？"

"都跟你说了几百次了！白娅不在我这儿！我给她送完甜品之后就再也没有看到过她了！"

薄荷突然灵光一闪："对了，甜品！那个甜品肯定有问题！"

2. 如果连思维都被遗忘的话，我是不是就彻底消失了？

深夜，薄荷坐在电脑前死死地盯着论坛。

夕鬼的头像是黑色的，这显示对方还没有上线。

时钟嘀嗒嘀嗒，已经快到十一点。

薄荷的眼皮越来越沉，他强迫自己不能睡，一定要等到夕鬼上线，问问她那道回心转意的甜品到底有什么鬼！

为什么吃完之后，白娅就莫名其妙地消失了。

无奈越挣扎越困，一颗脑袋仿佛有千斤重，薄荷终于撑不住倒了下去。

迷迷糊糊间，周围的场景从家中换成了街道。

街道两旁的围墙上开满着紫藤花。

墙角趴着一只小小的黑猫。

黑猫！

这不是我自己吗？

趴在键盘上不知道睡了多久，薄荷从睡梦中惊醒！

为什么会梦到自己呢？

而且是以乔也的视角，是不是变成乔也太久，潜意识里开始习惯这种身份。

时间一长，会不会连思维都会变成乔也的！

如果连思维都被遗忘的话，我是不是就彻底消失了？

会不会再也回不去了？

薄荷越想越害怕，不行，必须马上找到乔也！跟他交换回来！我还有很多地方的海没有见过！还有很多口味的鱼没有吃过！最最重点的是我连一只母猫都没有泡过！

我不能消失啊！

"叮！"

电脑响了一下，薄荷抬头一看，有一封站内信。

来信人是夕鬼，信里只有一句话：月有阴晴圆缺，梦有正反两面，一个回心转意的甜品，总会有那么一点点副作用……

薄荷想要再回站内信问清楚，却发现，夕鬼已经下线了……

3. 刀爷头上的大屎盆

"乔总……乔总……嘤嘤嘤嘤……乔……总……我……我……我……"

薄荷望着眼前的玛丽美，内心翻了无数个白眼。

唉，真是没有公主的命却有公主的病。

（玛丽美抗议：乔总你这是"人参公鸡"！）

第一，你哭就哭能不能不要扭来扭去！

第二，餐厅有人提意见很正常，你身为一个服务员可不可以不要哭得跟失恋了一样。

（喂喂喂！放开我的腿！再往上面蹭鼻涕我就扣你工资！）

乔木有期内一片狼藉，客人已经全部跑单。

地上倒扣着一大碗清汤牛肉拉面，溅得满桌满地都是汤汁。

玛丽美跟小井蹲在地上收拾残局，玛丽美一边擦地一边哭，鼻涕糊得比汤汁还多。

都说女人是水做的，薄荷觉得像玛丽美这种简直就是水缸做的。

荣林正一桌桌跟剩下的客人致歉，刀爷垂头丧气地站那儿发呆。

薄荷走过去对玛丽美说："算了你别擦了，你这个哭法，越擦越脏，让小井一个人擦吧。"

小井（ ̄口 ̄）崩溃脸。

在荣林的解释下，薄荷终于弄明白是怎么回事。

最近几天，每天早上九点开门的时候，门口都站着一个穿中山装的老头。

老头看上去应该有七十多岁了吧，但看起来很精神，胡子修得一丝不苟。

老头戴着一副茶色的眼镜，明明走路很快，手里却总是拿着一根黑色的拐杖。

餐厅每天上午十点正式营业，但老头常常在九点开门搞卫生的时候就来了。

他就坐在进门口第三排的卡座里，静静望着窗外。

等到十点厨房准备妥当，老头就要吃厨房里新做的第一碗面。

虽然等这么久，老头点的却是最最普通的牛肉面。

乔木有期在这座城市里属于消费中上等的中西餐厅。很多人会选择在这里约会或求婚，像牛肉面这种饱腹的食物很少有人真的会点。

老头第一次来的时候，荣林和小井都没有太在意。

小井只是在心里嘀咕，这位大爷看起来穿得很朴实，菜单上的价格和英文会不会吓到他？

结果老头很淡定地点了一份68元的牛肉面。

小井在心里庆幸他没把这当成路边摊点什么驴肉火烧煎饼果子豆

浆油条。

结果没过多久,小井就笑不出来了。

因为老头只吃了一口,就"啪"地把筷子一摔。

紧接着,整碗面都被他扫到了地上。

白瓷碗和欧式的花砖产生了激烈碰撞,传来"砰"的一声巨响,比巴卜从外面直冲进来一阵狂吼,吓得餐厅的女顾客尖叫不已。

好几桌顾客都因为惊吓而跑单。

如果只这一次也就算了。

奇怪的是老头虽然觉得面难吃,却每天雷打不动准时报到。

老头连续一周九点钟就等在门口,连续一周只点牛肉面,连续一周只吃一口就把面扫到地上,然后拂袖而去。

荣林和小井看在眼里,郁闷得不行,却又想不出办法,恨不得竖块牌子在门口"禁止六十岁以上的人入内"。

但很明显他们并不能真的这么做。

"可是,再不阻止他,我们就要倒闭了啊!最近客流量大减,还有很多客人趁乱跑单。"

荣林拿出计算器噼里啪啦一打:"就这一周,我们都已经亏了四五万了。"

这老头不会是对面冰火楼派来的吧。

没听说利久良冰有什么亲戚长这样啊。

除开管理财务的荣林来说，这件蹊跷的事最受伤的是乔木有期的总厨刀爷了。

这个身高一米九的东北大汉，小时候常常因为身体长得太快而吃不饱，半夜去厨房偷吃食物，东北那旮旯儿，厨房里的剩菜都冻成了冰。为了吃饱，刀爷五岁起，就自己搭着板凳炒菜。

十二岁时，刀爷已经可以一人承办村上十几桌的流水席。

十五岁时，刀爷在学校后面的小树林，凭借着一锅蘑菇炖小鸡，赢得了同桌美少女的芳心。

一年之内，他把八十几斤的美少女喂成了一百二十多斤的女汉子。

女汉子愤而离开了他！

失恋后的少年，带着从小陪伴自己的一把玄铁菜刀开始闯天下。

传说，刀爷的本名叫叶孤星，是叶孤城的后人。

虽然也有人说世界上根本没有叶孤城这人，叶孤城是古龙在小说中杜撰的人物。

但刀爷的刀工确实已经到了出神入化的地步。

花街他称第二绝对没有人敢称第一。

对于他而言，没有什么事情是一刀解决不了的，如果有那就两刀！

之前黄毛来餐厅闹事如果不是荣林拼死拦着，可能早就被他大卸八块。

如果说刀是刀爷的灵魂，那做菜就是刀爷的命！

连续一周被人这样直接说难吃无疑像一个屎盆子扣在刀爷的头上，让他痛苦不已。

4. 有史以来最严肃的会议

乔木有期召开了有史以来最严肃的一场会议。

到底怎样才能让老头满意？

这场会议一直从下午三点开到了凌晨三点。

讨论的结果是……没有结果……

会议陷入了僵局，每个人都低着头沉默着，却，人人都心猿意马。

薄荷（内心 OS）：领导这群废物好累，餐厅到底撑不撑得到乔也回来啊。

小井（内心 OS）：跟一群废物共事好累，老子要另觅高枝！

刀爷（内心 OS）：连一个老头的要求都满足不了，我特么就是个废物！啊呜呜呜呜呜……

玛丽美（内心 OS）：哎，荣林你看到没有，老板发呆的样子真的好帅！

荣林（内心 OS）：唉，帅有个 P 用，开这么久会，一个办法都没想出来，还吃了十几个果盘！账面又要亏损了……

"我们已经尽了最大的努力，你们有没有想过为什么那位老先生还不满意呢？"不知道什么时候，乔迟站在门外的黑暗里轻轻说道。

从来不参与乔木有期任何会议的乔迟，静静地站在大厅外，用一种谁也看不透的眼神，望着"乔也"。

"可能是年纪太大了，牛肉嚼不烂？"

荣林若有所思地用舌头顶了顶后槽牙，有感而发：被肉卡牙是挺恼火的！

刀爷："不可能，我们家的牛肉面里的牛肉看起来很普通，但其实都是选用的神户3A级的和牛，起锅前稍加汆烫，撒上盐粒，置于面上，只要三十秒。牛肉的底部吸收了面汁，牛肉本身的油脂又锁住了和牛特有的原香，入口软滑弹牙，既不会嚼而不烂，也不会食之无味，别说他七十岁，就算是七岁只要他吃了一块就叫他神仙都不想做！"

小井："呵呵，刀爷你就吹吧，人家现在何止是神仙都不想做，简直是想要送整个餐厅上西天。"

玛丽美若有所思："所以说，这个面的问题并不是出在牛肉上？"

荣林："牛肉面，除了牛肉就是面了，可刀爷是东北人，他们那一日三餐都吃面，面的做法有几百种，刀爷闭着眼睛能都拉出比头发丝还细的面条，你说他的面有问题我更不信！"

小井："那……难道是汤？"

刀爷："汤就是很普通的大骨头汤，百分之八十的餐厅都是用老母鸡或筒子骨炖汤头。这没什么好诟病的吧？"

经过一番乱七八糟的讨论后，餐厅又一次陷入了死一般的寂静。

薄荷看着乔迟，他总觉得这个讨厌的小鬼，今天有点不一样。

乔迟："你们有没有想过，那个老爷子，穿着打扮都不俗，为什么每次都要把整碗面扫到地上？"

小井："为老不尊？"

乔迟摇摇头："他看起来很有素质，不像是故意捣乱的人，这里面肯定有什么蹊跷。"

薄荷:"整碗面都扫到地上……汤和料都流了出来……汤和……对了!有没有人查过我们的香料?"

刀爷:"牛肉面的味道基本是靠牛肉的原香和汤头的鲜甜。香料放得极少。"

小井:"你们这么说我突然想到了!每次打扫的时候地上都有一些黑色颗粒状物体,很难清理,是一些我没有见过的香料!"

乔迟:"问题就出在这儿!"

5. 陈先生的思念牛肉面

伸手不见五指的储物间里,一个黑影正在悄悄地靠近。

黑影马上就要接近调料盒的时候,说时迟那时快!

最角落的储物柜门突然打开了!

两个庞然大物冲了出来一把按住黑影!

黑影一声惨叫:"哎呀!哪个死鬼敢非礼老娘!"

灯开了,刀爷气势汹汹地压着一个花枝招展的大妈——街道搞卫生的李姨。

李姨气势比刀爷还要凶悍!

"你为老不尊!你癞蛤蟆想吃天鹅肉!我告诉你!啊呸!我李姨年轻的时候那是美过整条街!不是你这种大傻个子想碰就能碰的!"

刀爷被骂得脸都红了:"你说什么呢!我有喜欢的人!我女朋友虽然跟我分手了,但我永远只爱她一个!才不会对你这种老姨妈有兴趣!"

李姨:"癞蛤蟆你说谁老姨妈!看我不抽死你!"

荣林:"刀爷你个傻叉,不要被她带走了。关键不是我们抓着你而是这么晚了你鬼鬼祟祟来厨房做什么?"

李姨:"倒厨房垃圾啊!"

荣林:"现在凌晨两点!"

李姨(头一昂):"我想什么时候倒就什么时候倒!"

凌晨四点,刀爷和荣林死气沉沉地挤在橱柜里。

冒着差点被抓死的危险,他俩反复确认了,李姨不是那个偷加神秘调料的人,只能被她羞辱一番后,继续躲在厨房里蹲守。

橱柜里又小又闷,加上刀爷一米九的大个子,为了省空间,两个大男人只能抱在一起。

直接导致了,两人脸的距离只有一线之隔。

黑暗中,荣林看着刀爷。

刀爷也望着荣林。

荣林:你不要有什么非分之想啊!

刀爷脸又红了。

刀爷不舒服地扭动了一下,结果身子一动,脸也惯性地跟着扭了一下,本来就只有两厘米的空隙,一不留神刀爷的脸和荣林的嘴碰到了一起。

荣林猛地扭头猛擦:"啧——好恶心!你个大男人能不能注意点?"

刀爷脸也滚烫:"我……我……也……不是故意的。"

"嘘!"

突然外面有什么声响,荣林怕刀爷说话暴露他们,紧急之下又腾不出手来,只好往前一凑,用嘴堵住了刀爷絮絮叨叨的声音。

好像有什么东西进了厨房!

刀爷的嘴被一团柔软堵住,还有一股草莓护唇膏的香气。不免心跳加快,大脑一片嗡嗡乱响……

可,还来不及容他多想,荣林已经一把冲了出去!

刀爷也想要跟着冲出去抓人,无奈蹲的时间太长,刚迈出一步,就脚麻地倒在地上哀号。

荣林回头一看刀爷没跟上来,内心翻了无数个白眼,但也只能单人出马。

折腾了半个小时,厨房被闹得一片狼藉,终于抓住了!

罪魁祸首躺在地上,脖子上系着一个袋子,里面装了一些黑色的颗粒,就是小井在打扫时看到的碗里多出来的黑色香料。

刀爷闻了一下,有一种槐树皮混合着血腥气的诡异味道,既不是八角也不是桂皮,一时间连刀爷也不知道那是什么。

本来以为抓到了放调料的人,所有谜团都会迎刃而解。

结果让他们没想到的是,送调料的不是人,是比巴卜!

狗嘴里吐不出象牙也问不出答案,乔迟也不知道那个调料瓶子是什么时候被捆在比巴卜身上的。

全餐厅的人都知道,比巴卜经常会在晚上来厨房偷吃,在它身上拴上一个有洞的袋子,它自然会像蜜蜂传播花粉一样,把这种调料撒进厨房里准备好的材料里。

尽管没有查出来是谁故意捣乱放了奇怪的调味料。

但至少，刀爷做出了第一份让老头没有皱眉头的牛肉面。

餐厅里小井、玛丽美都拿着拖把抹布躲在暗处。

薄荷也有一点紧张，他发现自己开始不自觉地关心这个餐厅的命运，或许是因为乔也？

刀爷亲自端上了一碗热气腾腾的牛肉面。

老头吃了一口，又吃了一口，吃到第三口时停了下来，第一次说话："今天的面味道还算可以，但跟我记忆中的牛肉面还有一些差距，我明天再来。"

简欧风的原木色书桌前，薄荷正埋头敲击着键盘试图通过搜索查询，怎样才能做出好吃的牛肉面。

查了半天没有满意的答案，薄荷只好面向广大网友提问：怎样才能做出让一个大约七十岁单眼皮左脚比右脚走得快看起来像澳洲树袋熊的老头满意的记忆中的牛肉面？

原本以为这么长又没有逻辑的问题绝对不会有人回答，没想到过了不久还真有了一个答复……

又是一天的清晨，朝阳像甜橙一样挂在淡蓝色的天空。

花街早起的孩童冲来奔去地嬉戏。

乔木有期开门迎来了今天的第一位客人。

老头穿着中山装，胡子修得一丝不苟。

小井做了一个向内请的姿势,老头走了进去。

今天好像有什么不一样?

老头还没走到桌前,玛丽美就适时地拉开了桌椅。

"先生还是坐这个老位置对吗?"

"唔……"

"还是一份牛肉面吗?"

"唔!"

"先生今天有口福了,我们老板亲自为先生定制的'陈先生的思念牛肉面',请先生品尝。"

老头:"你怎么知道我姓陈?"

薄荷对着后面的乔迟眨了眨眼睛:"陈先生,你都来了快一个月了,对于我们的VIP客户不做点功课怎么能行呢。"

一份热气腾腾的面端了出来。

面汤清亮,牛肉软糯。

这一份面,陈生吃了好久好久。

哦对了,老先生原名陈生,是一位米其林红色指南的美食侦探,虽然已经移民法国二十多年,但祖籍是中国南部沿海的一座小城。

陈生吃光了一份完整的牛肉面,连汤都喝得一滴不剩,他感觉自己的胃得到了从未有过的满足和久违的温暖。

他抬起头来第一次露出温和的笑脸:"主厨呢,介绍一下这碗面吧。"

刀爷穿着洁白的主厨服,把手背在身后,像个真正的Gentlema那样介绍着这碗看似普通实则大费周章的牛肉面。

碗里的六块牛肉,分别选自牛腱、肋条、牛小排、牛筋,每块肉都经过了清洗、修型、烹煮、调味、冷冻、甄选、浸泡等七个步骤,各种肉又以部位、油花不同加以区分,不同部位的烹调方法皆不相同。

看似简单的一块肉,其实需要4天～7天才能完成。

汤头以大量的牛骨与四种不同的牛肉混合熬制八小时直到汤像牛奶一样呈现乳白色。

陈生点了点头:"面很棒,牛肉也很棒,但我觉得,不仅仅只是这样吧?"

薄荷:"当然不是,最重要的是调味,我们加了一点点……"

迫不及待想要知道的陈生甚至站了起来:"一点点什么?!"

乔迟:"一点点酸梅粉,我做了调查,陈先生的老家是南部沿海的一个美丽的渔村,因为天气炎热,为了增加食欲,很多食物都会沾以酸梅粉,开胃、消暑、生津止渴。我想陈先生这么多年没有回去了,应该很想念那种味道,所以特意派了人去一趟您的家乡,找到了这种特别的酸梅粉。做这碗牛肉面,我们只用了一点点,另外一罐子的酸梅粉,我们帮您装好了,送给您。"

已经年逾七十的陈生,颤颤巍巍地伸出手,接过他小半生最宝贵的记忆,他觉得这个罐子有一二十年那般沉重,压得他湿了眼角。

他作为米其林的美食侦探走遍全世界各个角落,让旁人咂舌的山珍海味在他看来早已如常物,唯有今天这一碗牛肉面真正地温暖了他一颗游子漂泊的脾胃。

薄荷跟荣林彼此偷偷对看了一眼,暗暗比了一个"耶"的手势。

感觉这一关终于闯过去了!

餐厅里的其他员工也强压心中的狂喜,互相用眼神交流着喜悦。

只有荣林看向刀爷的时候,刀爷突然脸红了,别扭地别过头去。

一种别样不祥的预感涌上心头,荣林的心猛地哆嗦了一下。

薄荷也看到了人群中的乔迟,他还像大多数时候那样,远远地站在人群的后面看着,并不愿意一起分享这份属于乔木有期的喜悦。

但薄荷知道跟那次"本味"大赛相比,他已经变了很多。

他常年紧紧抿着的嘴角,最近越来越多地开始微微上扬。

陈生认真地吃完了整碗"陈先生的思念牛肉面"连汤头都不曾放过,这是食客对于一个餐厅的最高尊重。

你以为这样就算完了?

等等,说好的米其林美食侦探员!

"陈生先生,您觉得乔木有期有资格被评为米其林星级餐厅吗?"

陈生温和地摇了摇头,米其林的星级评判是从餐厅所使用原材料的品质、烹饪时采用的技术、不同味道是否很好地融合、烹饪的一致性和创新性,以及是否物有所值五个方面进行评判。

并且还需要多个美食侦探,反复光临一致通过。

"我这关算你们过了,但之后还会有别的美食侦探来暗访,希望有朝一日能在米其林的美食指南上看到你们。"

薄荷:"说来说去就是现在还不行嘛。"

"不过呢,你们也别垂头丧气,大奖暂时没有,纪念奖有一个要不要听?"

薄荷耷拉下去的耳朵瞬间竖了起来。

陈生:"老年人呢,通常比一般的人起得早,有时候就会看见一些本来不应该看到的事。

"例如,我们这位帅气的年轻有为的乔总,好像有一天早上向一个白衣服女孩子泼了一盆水。"

听到这里,薄荷的白眼都要翻到天上去了。

荣林瞪了一眼小井,小井默默地护住了头。

但陈生还没说完:"我以前看过一本武侠小说,里面的女主对男主说啊,这个女人啊就像羚羊,男人要去跑要去追,千辛万苦追上了她才会把自己那对宝贵的羚羊角送给你。有时候表面上的针锋相对,恰巧证明了内心的在意。乔总,可不要轻易放弃啊。"

薄荷叹了口气:"可,白娅现在连人都不见了。"

陈生:"也许你可以试试,去街角254.5号的怀旧照相馆碰碰运气。"

一碗高尚的牛肉面简直就像一种祈祷,不仅赞美我们凡人的舌头,也彰显厨师的认真、诚恳和专业精神。

——陈生

【乔迟日记】

9月7日　天气：晴朗

一只牛全身上下可食用的部位超过上百个，想从中选出六块既有代表性又适合做浇头并还能相互融合的部位，不是件容易的事。

今天一口气做了十几种调试，完全累垮，晚上吃饭的时候拿筷子的手都在抖。

乔也那个傻瓜，不会真的以为，一块3A的牛肉就能搞定米其林的美食侦探吧。

9月9日　天气：晴朗

全身上下没有一个地方没有牛肉味。

手的气味更是快要跟牛肉合为一体。

衣柜里的那些衣服全完蛋了，感觉自己已经被牛肉的味道包围……

9月10日　天气：阴雨

再也不想吃牛肉了！

一块！一口！一丝！都不想！

9月11日　天气：阴雨

早上遇见乔也，餐厅遇到这么大的事大家都很紧张，他却还是一副处变不惊的样子。

看来爷爷把餐厅传给他是对的。

其实很多时候我都在问自己。

我为什么要这么努力地实验牛肉面。

我为什么要这么关心乔木有期的命运?

不是有哥哥就好了吗?

9月12日 天气:晴朗

最近连续几天都泡在厨房,牛肉面的测试一直没有成功。

经过院子的时候,经常看到乔也坐在太阳底下发呆。

我记得他以前很讨厌晒太阳,但他最近的变化真的很大。

太阳很大,晃得他眼睛眯在一起,仿佛像某种动物。

说到某种动物,薄荷好像再也没有出现了,这只死猫在的时候不是偷吃鱼就是乱窜。

只恨它不能早点消失。

但当它真正消失了,你又会多少有些不习惯。

人都是容易妥协的动物。

一只你再不喜欢的猫,相处久了,多少会有点依赖有它的日子。

我想,乔也应该比我更不习惯。

可他却什么都没有跟我说。

什么时候开始我们已经不再交换彼此的心事。

9月13日 天气:晴朗

耶!这碗牛肉终于实验成功了!

我敢保证，没有人会抗拒这碗牛肉面！

现在的问题是，我要怎么告诉乔也。

9月17日　天气：晴朗

今天应该是我这半生最开心的一天。

乔也在诸多方案中，选用了我在网上匿名回复他提问的菜谱。

刀爷制作的也很成功，得到了米其林美食侦探的肯定。

哈哈我就说了，没人会拒绝这碗牛肉面！

最让我高兴的是，我感觉自己终于帮他分担了一些我早就该分担的事。

9月18日　天气：晴朗

最近餐厅的生意都很好。

但我已经觉得自己快被那群带小崽子来用餐的客户吵成焦虑症！

安静的时候又担心生意太差。

生意好的时候又觉得吵闹。

啊，人生好矛盾！

9月21日　天气：晴朗

最近，天气凉爽了一点，之前给比巴卜剃的毛也长长了。

恢复了风骚帅气的它，经常趴在店门口跟小井一起用颜值招揽生意。

从现场效果看，比巴卜的要好很多。

那次之后，那种奇怪的破坏性香料再也没有出现了。

到底是谁准备的这些香料。

他的目的是什么呢？

第四章
桔梗香气水晶果冻

1. 可我根本不认识你啊,先生!

白色的云朵像一个个厚实的棉花糖,一个压着一个堆积在一起。蔚蓝色的天空下两个精致装扮的男人正在争执不休。

一个一身英伦风的男士拿着一台最新的 iPhone,与另一个穿着一身复古雅痞风的男士互相拉扯着对方。

利久良冰:"我导航带你到这儿来的,应该我先进!"

薄荷:"放 P!明明是我闻着味道找到的!"

二十分钟前……

这两人还像是多年未见的好友般"齐头并进"奋力寻找陈生所说的花街 254.5 号"怀旧照相馆"。

花街已经走了三遍,根本没有什么254.5号,254号和255号中间什么都没有,为了找到白娅,两人暂时性和好,一个使用高科技,一个不顾形象地趴在地上闻。

不负众望,在第十五次地毯式搜查后,他们发现了254号商铺和255号商铺的后院中间有一棵非常大的榕树,榕树的中间被虫子蛀空,头伸进去往下看,黑乎乎深不见底。

树洞中间有一块小小的木牌,不留神根本看不见。

木牌上写着"花街254.5号:一花一树一菩提,一次一人一问题"。

薄荷:"这木板上写的是什么意思?"

利久良冰:"意思是,我们两个里面,只有一个人能进去。"

薄荷上下打量了良冰一眼:"废话,这个洞也挤不进我俩。还是我先进去吧,我比较聪明,你就在外面等我好了。"

利久良冰:"凭什么!我才是白娅男朋友!应该我进你在外面等着!"

两人从争执变成拉扯很快又扭打成一团,上午仅剩的那点革命友情荡然无存,空气里都弥漫着"贱人""蠢货"……

五十分钟后,筋疲力尽的两人决定用最原始最有效最公平的方法解决这个难题!

薄荷、良冰:锤子、剪刀、布!

(两个剪刀)

薄荷、良冰:锤子、剪刀、布!

(两个锤子)

薄荷、良冰:锤子、剪刀、布!

（薄荷出布，良冰出锤子）

薄荷（得意得不可一世）："早跟你说了，你不信，浪费老子时间。我先下去了，拜拜！"

薄荷说完就转身顺着榕树腐朽的树梯往下溜。

一阵天旋地转，感觉至少下了十米，薄荷终于落了地。

薄荷的眼前，是一条大概一米多宽的青砖小道，两旁点着欧洲中世纪的煤油灯。

这种青砖薄荷以前在一家古玩店里见过，是苏州的陆慕砖窑出品，陆窑的砖只用太湖底的淤泥，从泥土到成品，每一块都需要720天，工艺极为复杂和讲究，每一块都价值数十万。

而且还一块难求！

一个照相馆居然用这种地砖，简直奢侈到了不可思议的地步！

薄荷不由得提高了警惕。

沿着青砖路走了大约十几米，转了三四个弯，视线豁然开朗。

薄荷眼前出现了一扇巨大的实木雕花门，门梁上写着"怀旧照相馆"。

门开着，薄荷轻轻敲了敲，向里问："有人吗？"

问了几声都没人答应。

薄荷只好自己走了进去。

房间里的摆设和装饰都十分复古，墙上挂着两人高的巨幅油画，画中的女人半张脸是风情万种的舞女，半张脸是惊慌的猿猴。

配上昏黄的灯光，薄荷有了一种脚底发凉的感觉。

早知道这么恐怖，就让良冰先下来了！

薄荷一边叹息着自己战无不胜的锤子剪刀布，一边在房内四处观察，发现桌上有一本相册。

封面是黑色的胡桃木，不知道里面都是些什么呢。

薄荷走过去，伸手拿起相册，刚刚翻开第一页，好重！

"欢迎光临！"突然背后一个女声响起！

薄荷吓得直接从位置上弹了起来。

手一松相册砸在脚上，痛得他龇牙咧嘴。

薄荷回头就看到了让他朝思暮想的一张脸（咦，什么时候用到了朝思暮想）。

算了不管这么多。

薄荷拉住穿着员工制服的白娅转身就跑，柯达胶卷都倒闭了，现在哪还有那么多人去照相馆照相，一个门庭冷落的照相馆哪里用得起这么多昂贵的装修材料，非奸即盗！说不定还是什么孙二娘的黑店，拍个照就能吸走你的灵魂！

薄荷不顾白娅拼命挣脱，一口气从洞底直接跑到了地面，一头撞到正伸头张望的良冰身上，把良冰撞了个四脚朝天。

良冰原本憋了一肚子"白娅你这几天去哪儿了""有没有吃苦""要不要报警""这照相馆是个什么鬼地方""是不是甜品有问题"……所有问题全部在看见他俩的那一刻变成了："你们为什么会手牵手！"

从花街回乔木有期的一路上，良冰都用一种吃人的眼神盯着薄荷，薄荷扭过头去，良冰又绕到另外一边盯。

"喂，你幼不幼稚！"

"奸夫淫妇！"

"啪！"

白娅狠狠一巴掌拍在良冰头上。

良冰捂着头，瘪着嘴："算了，我既往不咎，白娅你跟我回去吧。"

白娅乜斜着眼角看了良冰一眼："可我根本不认识你啊先生！"

良冰瞪了薄荷一眼，问白娅："你是不是想跟他旧情复燃！"

薄荷："拜托，一本好好的清新偶像小说都要被你演成言情剧了。"

薄荷把良冰拉到一边："我感觉白娅有点奇怪，不像是装的，她好像真的不认识我们了。"

2. 如果说，这是一种本能的话，那就，不要停止好了……

什么！白娅失忆了！

乔木有期内，众人发出惊呼。

小井："我们不是清新偶像小说吗，怎么感觉这个走向很言情！"

（薄荷：你这句话我在上一段已经说过了。）

"关于我是谁、良冰是谁，以及她为什么会出现在那个奇怪的照相馆，她统统都不记得了。从她有记忆起她就被代入了照相馆员工的身份，老板每天会用墙上的便笺纸跟她联络，教她怎么应付客人，但从她开始工作起，照相馆只来过两个人，一个是黑衣少女，另外一个就是我，所以这家照相馆的葫芦里究竟卖的什么药，白娅自己也不知道。"

刀爷："那我们干脆杀进照相馆找老板问个究竟！"

薄荷摇摇头："照相馆里面是空的根本没人，白娅都是通过便笺纸跟老板联系，我们去哪儿问？"

荣林："那报警呢？"

薄荷："报警总要有个理由吧，失踪的白娅已经回来了，至于失忆这么玄乎的东西说出来警察也不一定信。我看，最好的办法还是让白娅想起之前的事。"

荣林："多跟她说说你们之前的事，找点以前的东西刺激她，说不定她很快就能想起来。"

小井："最好的办法就是带她到你们相遇的地方去，在那种环境里更容易刺激到她的大脑皮层。"

薄荷："这么一说也有点道理，正好我也很久没有出去走走了。"

（荣林、刀爷、玛丽美：太好了，老板不在餐厅就可以为所欲为了！）

（小井：我容易嘛我，连大脑皮层都说出来了。）

去机场的路上，薄荷戴着一顶黑色的鸭舌帽，帽檐压得十分之低。

转头一看，白娅也用一条丝巾把自己裹得严严实实，只露出一双又大又亮的桃花眼。

薄荷心想明明是光明正大地去帮白娅恢复记忆，怎么有一种偷情的感觉。

白娅心里也在嘀咕：我到底是怎么了，怎么会相信一个陌生人的话，还跟着他一起去旅游？

同一时间，蒙在鼓里的利久良冰在自己的房间里打了一连串的喷嚏。

薄荷变成乔也的第一天就偷看了乔也的日记。

感谢这两兄弟都有写日记的习惯，让薄荷很多事不至于当场穿帮。

日记里面，记载了乔也跟白娅是在一次自由行中认识的，当时乔也正打算去梅里雪山，刚到香格里拉的时候准备在独克宗古城休整一晚第二天再出发。

晚上，乔也闲着没事就在古城里转悠。

独克宗古城有座小山，山上有个寺，乃是内供释迦如来的"大佛寺"，佛殿侧下有一座名为"吉参"的吉祥胜幢，是世界上最大的转经筒。

乔也想到山上去看看，刚走到古城中心的四方街就被一群热情的藏族少女拉进人群，这里每到傍晚就会举行篝火晚会，藏族人民绕着篝火围成一个大圈跳着锅庄舞。

舞蹈热情而又冗长，乔也被两个热情的藏族少女拉着一边一个脱不开身。

眼见着太阳一点点落下去，去大佛寺看转经筒的计划就要泡汤。

正遗憾的时候，歌舞节奏一变，手边突然钻进来一个少女，一转眼拉着乔也的姑娘就换了个人。

少女皮肤细白，一头日系的紫灰色的挑染长发，白色的蕾丝蝴蝶结，与锅庄舞的氛围格格不入，乔也没忍住"噗"的一下笑了出来。

少女瞪起杏眼，你笑什么！

哎呀！居然还是个凶巴巴的小姑娘。

乔也突然想要逗逗这个凶巴巴的小姑娘。

乔也贴到她耳边跟她说，你知道梅里雪山的传说吗？

听说过啊，这个梅里雪山在藏区被称为卡瓦格博雪山，意思就是雪山之神！

雪山之神旁边还有个小的山峰，是雪山之神的女朋友。

但神女的爸爸不同意他们相爱，刻意阻挠。

他们明明相爱，中间却隔着千层云雾，始终不能相见。

传说有一天，神女的爸爸不在家，神女偷偷跑出去想要跟雪山之神约会。

结果在路上碰到一个紫色的小姑娘，小姑娘很调皮想要跟神女姐姐多玩会，就故意骗她走了错的路。

以至于，神女迷路了，一直被困在雪山里，见不到雪山之神，也回不了家。

雪山之神因为思念爱人而震怒，引起了雪崩，附近的村庄全部被白雪覆盖。

从那以后，梅里雪山就变成一座无人攀登的神山。

因为啊，雪山之神担心下次约会的时候神女又会被骗，所以一旦有人接近就会用白雪将他们掩埋。

这故事其实是乔也胡编乱造的，除了卡瓦格博雪山这个名字是真的，其他全是他临场发挥。

但小姑娘太好骗了，听得眼睛圆圆的，一脸意犹未尽期待下集的表情。

眼见小姑娘上当了,乔也又笑眯眯地说,但是啊,这个故事有个关键。

就是卡瓦格博山神最讨厌的就是紫色!

你这一头的紫头发当心咯!小心还没有到雪山脚下就被雪崩埋了。

你快告诉我你哪天上山,我要改行程避开跟你同一天。

我不信!你骗人!小姑娘嘴还硬,但眼泪已经不争气地掉了下来,弱弱地问,那我不去山上可以吗?我就在这个古镇转转。

那也不行!你已经惹到他了,山神大人可是"敲"爱面子的!

你!不!要!学我说话!

"偶"没有啊!你看着办吧。

说完乔也就扭过头去,继续认真地跟隔壁的藏族大妈跳锅庄舞。

任凭少女急得直跺脚。

乔也用余光看到,少女又不争气地掉下几颗大泪珠。

乔也目不斜视自顾自说道,我听说"大佛寺"的转经筒很灵的,真诚的忏悔雪山之神会听……

话还没有说完,乔也就感觉自己被一股力量拉扯着冲出了人群。

乔也一边"哎呀你拉我干什么",一边偷笑,这下好了有人陪我去山上推转经轮了。

这是乔也第一次跟白娅见面。

当时白娅还是个你说什么都信的傻姑娘。

哪里知道现在已经变成了脾气暴躁的傲娇少女。

薄荷瞟了一眼座位旁头靠在他肩上，睡得嘴巴都张开的少女叹了口气。

他们到独克宗古城的时候已经是晚上九点。

香格里拉海拔高，天还没有黑透，黑蓝色的天空，云朵带着金色，懒洋洋地趴着，仿佛停留在天上一动不动。

空气里弥漫着一股淡淡的奶油香气。

街道上灯光不多，也很安静。

薄荷第一次见到这么多星星，之前都是通过乔也日记里的描述，亲眼看见如此纯净的天空，觉得喵生都无憾了！

相比之下，身边的白娅就没有薄荷这么感慨了，此时的她根本无心看星星。

因为客栈老板告诉她，整个独克宗古城只剩最后一间客房了！

一间！

岂不是意味着她要跟乔也同住！

老板一副文艺青年的模样："一间不是刚刚好嘛，你们本来就是情侣。"

白娅翻了个白眼："情侣个P！"

老板一脸意味深长地看着薄荷："分手旅行？"

薄荷一脸苦笑，看着白娅："这个点去镇上已经没车了，你总不能逼我流落街头吧。"

拿到钥匙上楼前，老板悄悄对薄荷比了一个"加油"的手势！

不巧被白娅看见，她气得直拧薄荷的胳膊。

薄荷"哎哟哎哟"在心里骂了一百八十遍八卦的老板，搞得好像我早有预谋一样，真是跳进黄河都洗不清了。

一进房间，白娅就发现只有一张床！

薄荷已经先一步跳上床，找了个最软的位置卷成一团。

白娅惊得下巴都掉下来了："我以前到底是怎么了，会跟你这种没有风度的男人在一起过！你睡床上我睡哪儿？"

薄荷打了个哈欠，环顾了一圈："厕所、地上，或者……我边上，随便你。"

四十分钟后，薄荷已经睡着了，突然感觉到有什么动静，迷迷糊糊睁开眼睛一看，旁边的白娅变成了一个怪物，头上顶了一个圆形的包，脸没有一点血色的惨白！

薄荷吓得屁股上的毛都差点夌开！

薄荷定睛一看，原来是白娅扎了个巨丑的丸子头，还敷了一张面膜。

"你大晚上敷什么面膜！"

"你懂个P！面膜本来就是晚上敷的。"

"你什么时候睡到床上来的？"

"刚刚。"

"你怎么不睡地上？"

"你！怎么不睡地上？"

"房钱是我交的啊。"

"你这个抠鬼！我当年真是瞎了眼才会跟你在一起！"

"你想起来了？"

"没有，不知道怎么搞的就脱口而出了。"

打了几句嘴仗，薄荷睡意全无。

古城的夜静得可怕。

身旁的白娅似乎也没有睡着，呼吸清晰可见。

薄荷想要屏住呼吸，却发现呼吸这种东西不是你想控制就能控制的，结果，越在意反而越急促。

白娅的洗发水是樱桃味的，甜甜的，勾引着薄荷的嗅觉。

薄荷突然觉得体内有一种本能像火山一样要迸发出来。

这种本能是乔也的还是薄荷自己的，他分不清。

旁边的白娅轻轻问："你睡了吗？"

"嗯。"

"我好像真的什么都想不起来了，你能告诉我以前是什么样子的吗？"

（薄荷：我怎么知道！我也才认识你几天啊！）

"嗯，跟现在差不多吧。"

"那，当时我们在一起的时候，你喜欢我什么呢？"

（薄荷：我！不知道啊！又不是我喜欢你！是乔也！）

"嗯，大概是，眼睛很亮？虎牙很可爱吧。"

"是吗！"白娅高兴地转过来，一张面膜脸吓得薄荷差点滚下床。

"你就不能把面膜摘了吗！"

"哦,好吧,正好时间也到了。"

去掉面膜的白娅一脸素面朝天,头发也散了下来,柔顺地披在肩上。没有了平时张牙舞爪的伶俐,多了几分邻家少女的青涩。薄荷不禁有些看呆。

"你真的什么都不记得了吗?"

"嗯。"

"那利久良冰呢?"

"不记得了。"

"那……我这样不算是……夺人所爱吧。"

"唔……"

白娅来不及回答,就感觉有什么柔软的东西堵住了她的嘴。

像含了一颗带着桔梗香气的水晶果冻,薄荷小心翼翼地探索着……该死,怎么眼睛不自觉地就闭起来了。

好像手也环绕到一起……

薄荷分不清这时候的他是乔也还是他自己,他只觉得白娅的嘴唇有一种魔力,一旦尝到就再也舍不得松开,少女清新的体香,像一只多汁饱满的水蜜桃,等着他去探索……

如果说,这是一种本能的话,那就,不要停止好了……

3. 藏族餐馆"卡里沛"

香格里拉的朝阳,带着一种肃穆的金光,照耀着这座神秘的小镇。

按照乔也日记的记载,薄荷带着白娅,避开了风景区,选了一条原生态的藏民小路出发。

一路上,丰草长林,路边的冷杉直挺挺的,长得像是大自然的卫兵。

经过了昨晚那场"亲密接触",白娅和薄荷都有点不自在。

彼此都刻意地在两人之间保持了一点距离,好像对方的身体变成了一块烫手的吸铁石,生怕挨得近了一点,就会被吸过去,被黏住摘不下来。

香格里拉的原始森林风景秀丽,但路就不那么好走了。

道路两旁的溪水,带来了湿气和青苔,每块石头都滑溜溜的,不小心就会滑倒和踩空。

薄荷几次想要伸手拉一下白娅,快要碰到的时候都感觉白娅刻意缩了一下。

薄荷又不好意思把伸出去的手缩回来,只能在空中僵硬地停留一下,去扯两片路边的树叶。

白娅看了几眼嫌弃地说:"你有没有一点环保意识啊,你一路上都扯了十几片树叶了。"

薄荷一口气堵在胸口:"你懂什么,我是在收集植物样本,回去了要做成标本和书签的。"

白娅:"看不出,你还会做叶脉书签?"

薄荷:"不同的树叶都有不同的纹理,世界上没有两片完全相同的树叶,就像没有两个一模一样的人,所以我喜欢收集树叶,不同时间地点收集到的不同的树叶会像相机一样,每当我回头再看这些树叶时,就能回忆起当时遇见它们的事。"

看着白娅眼中折射出崇拜的光,薄荷暗暗握拳:YES!这也能接上话!我真是天才猫!

微风吹拂着红豆杉的枝叶,时不时有一些松鼠从树干上飞快地蹿过。

白娅兴奋地拉着薄荷追赶:"快快快,那里还有一只!那只好胖!"

一只、两只、三只,胖乎乎的松鼠跑得飞快,薄荷内心口水流了一地,压抑着没有追着赶,两条腿果然没有四只爪跑得快,要是老子还没变之前,分分钟给你抓一筐!

追着追着,他们突然发现已经偏离原定的路线,跑到了一条奇怪的小路上。

两旁的草木明显有人为修剪的痕迹。

不远处有一家看起来十分现代的餐厅。

薄荷瘪瘪嘴,居然有人把餐厅开在深山老林里,肯定生意很差吧。转头一望,白娅正眼冒绿光,一脸"老娘我饿了我要吃下整家餐厅"的样子。

本来以为开在这种鬼地方的餐厅应该没有几个人,结果出乎薄荷意料的是,这家叫"卡里沛"的藏族餐馆,生意非常好,门口停满了各种小车,都已经过了饭点却还要排队!

薄荷一边嘀咕,一边不情愿地点了一份松茸炒鸡饭。

等了差不多半个小时,饭终于送了上来,一盘黑乎乎也看不出什么东西的酱汁淋在有点夹生的米饭上。

鸡肉少得可怜，青菜也不放一根。

对食物颜值有着高要求的薄荷，嫌弃地翻了无数个白眼，但熬不住旁边的人都狼吞虎咽的影响，他还是用勺子挖了一点。

放进嘴里的一刻，薄荷就被折服了！

太好吃了！

那份黑乎乎的酱汁里似乎有一种神秘的味道，不知道是洋葱还是什么，让薄荷情不自禁地掉下泪来。

（读者ABC：每次都是好吃到哭，啧啧啧作者词汇量好贫瘠，嫌弃脸。）

好吧，重来一次！

一口下去，薄荷差点惊呼出来，那些看起来毫不起眼的黑乎乎的酱汁，却有难以解释的绝妙口感，新鲜弹牙的松茸混合着浓郁而神秘的香气，多吃两口你又能惊喜地发现，这份炒饭仿佛有生命一般，口味在不断地进化，前味是清晨五点松赞林寺旁小草上的晨露；中味是普达措森林沉睡了亿万年的黑色泥土的芳香；后味是巴哈雪山海拔4000米初融雪水顺流而下的甘甜。

不只是味蕾上的满足，甚至调动了你全身的细胞，你感觉到自己听见了风中苍鹰的诉说，看见藏族少女旋转着的舞裙，以及这个装松茸饭用的白瓷碟在烧制时制作师上扬四十五度嘴角和嘴角边那根有故事的香烟！

（读者ABC：求作者好好说话！）

美国著名的作家海伦·凯勒，因为脑部受到伤害，导致眼睛看不见，耳朵也听不到，她在黑暗中摸索着长大。

她的家庭教师努力地想要她感知到这个世界，然而一直都没有成功。

直到有一天，家庭教师莎莉文带着海伦·凯勒走到喷水池边，要她把手放在喷水孔下，让清凉的泉水溅溢在海伦·凯勒的手上。接着，莎莉文老师又在海伦·凯勒的手心，写下"water"（水）这个字。仿佛一道闪电从心头划过！海伦后来回忆说："不知怎的，语言的秘密突然被揭开了，我终于知道水就是流过我手心的一种物质。这个'water'的字唤醒了我的灵魂，给我以光明、希望、快乐。"

吃到这份松茸炒鸡饭时，薄荷的心里也有一道闪电划过。

不是因为松茸或者鸡或者其他，而是因为乔也！

这份神奇的炒饭像一个连接时空的媒介，薄荷听见了四年前，乔也吃这个时的抱怨："这一盘黑乎乎的也太没食欲了！""附近找不到第二家餐馆了将就吃点吧。""等等，这个味道是？"

那一瞬间，薄荷几乎可以肯定这是一份乔也曾经吃过的炒饭，不但吃过，乔也还从里面吃出了一种让他心情复杂的调味。

而，这种让他心情复杂的调味是什么呢？

薄荷决定偷偷溜到厨房去看看……

4. 一下子成了香饽饽

　　全不锈钢的案板边放着一个两人高的冰柜，"卡里沛"地处偏僻，绝大多数本地没有的食材，全部要靠这个冰柜保存。

　　但此时，这个巨大的冰柜里不但有各种美食，还有一个眼歪嘴斜被五花大绑的男人。

　　冰柜外面二三十个穿着白色制服，戴着口罩和帽子的厨房帮工在有条不紊地工作。

　　"0207号你去冰柜里拿一条雪水虹鳟。"

　　"嗯。"

　　0207平时话最多，今天却格外沉默。

　　他转身挡住了众人的视线，从冰柜里拿出一条虹鳟鱼，转身时，不小心碰掉了冰柜的插头。

　　"0207号，你去把这框青菜递给调度。"

　　"嗯。"

　　"见了鬼了，老子准备好的腌牦牛舌去哪儿了，0207、0208、0210你们愣着干什么，快去给我找一下！今天肖爷来了没有这道菜，你们都吃不了兜着走！"

　　大家都弯着腰撅着屁股趴在地上找腌牦牛舌。

　　0208表面上认真地趴在地上，实际上拿着手机歪着头在偷懒，玩着玩着她突然发现，对面的0207号有点奇怪。

　　这人平时油腔滑调出了名。

今天怎么这么沉默。

沉默不说还非常认真,大家都是应付总厨随便翻一下,他却认认真真一个抽屉一个抽屉地翻看。

0208偷偷紧跟着他走进一个隔间。

趁着他翻查的时候,0208转身反锁住门,把他堵在隔间里。

"你不是0207!你混进厨房想要做什么?"
"我饿了想进厨房来找点吃的。"
"你骗人!"
"就算我骗人又怎么样,你自己不也是个骗子。"
"你……"
土豆丝切得比筷子还粗,就这个技术你也好意思在厨房帮工?0207号一点点靠近。

与其坐以待毙不如先发制人。

小骗子不如让大骗子来教教你,怎样才能……更不容易被识破。

眼见着0207越走越近,0208号紧张地靠着门,退无可退。最后只能被他单手撑门圈在臂弯里。

四目相望。

0208号慌乱地回避着对方的眼神。

从小到大,从来没有异性这么近距离地看着她。

虽然戴着口罩,但靠得这么近,眼角边那几颗小雀斑,他会不会注意到啊?该死!管他的!一个老爸的走狗而已!

"你是我爸派来的吗?"

"嗯？"

0208号抬高声音，想要给自己打气一般提高了分贝。

"你是我爸派来跟着我的对不对！我爸给你多少我给你双倍，条件是你现在就给我滚出去，不要妨碍本小姐的计划！"

薄荷看着眼前这个瞪着圆圆的眼睛虚张声势的小姑娘，突然觉得她有点眼熟，好像……之前……在哪儿见过。

薄荷吃了那份让他跟乔也互通的炒饭后，直接溜进厨房，想要偷学点厨艺。

却意外地发现，这家餐厅远不止会做一点美食这么简单。

厨房的帮工大概有二三十个人，按照墙上的值班表，今天当班的有十五个，然而主厨帮厨打杂洗菜洗碗的加起来总共只有十个人，剩下的五个人去哪儿了呢？

虽然他很快发现0208号鬼鬼祟祟，跟他一样是冒充的，但这纯属意外收获，消失的那五个人肯定另有蹊跷。

但现在，摆在薄荷面前最需要解决的是，面前这位难缠的0208号大小姐。

"你爸，他其实很关心你。"

薄荷编了一句他经常在连续剧里听到的台词。

没想到这句正中靶心！

0208号立刻哭了出来："你懂个P！不是给钱就叫关心的！这半年来，我连他人都没见到，算什么关心！每天不是派这个人来监视我,就是派那个人来监视!还不是怕我找他那个秘书的麻烦!我今天就要……"

突然门被撞开,打断了两人的对话,原本靠在门上的两人,直接倒在了一起。与此同时,薄荷的口罩也飞了出去。

几分钟之前,雪梨才认定,那是她人生中被异性靠得最近的一次记录,结果还没出一章,被自己打破了,她的鼻尖几乎都挨着薄荷的鼻尖了!这让她看得更加清楚了——"你!不是我爸的下属!你是谁?"

"我……"

就在薄荷思考怎么才能把这个谎圆过去的时候,门外一群黑西装的人,簇拥着一个半长头发的中年男人走了进来。

当着这么多下属的面,自己的女儿跟帮厨小工鬼鬼祟祟地躲在杂物间里,现在还被这么多人看到他们抱在一起滚在地上!

就算不是个称职的爸爸也会生气!

更何况这个爸爸还相当有生气的资本。

阎雪政的眉头皱了起来,伸手从西装内袋里摸出一把黑色的"沙漠之鹰"。

"你最好能给我一个让我消气的理由,不然……我就打爆你的小脸。"

这是薄荷第一次看见真的手枪,他脑海中飞一般地闪过乔也的臭脸,他那么追求精致和完美的人,如果脸上多了个大窟窿应该会杀了自己吧?

"你试试看。"不知道什么时候，雪梨已经站了起来，手上拿着一把一尺长的匕首，抵在一个蜂腰翘臀的女人脸上。

"你开一枪我就划一刀！看是你爱的女人更惨，还是我男朋友更惨。"

果然有其父必有其女，等等！什么叫你男朋友(⊙＿⊙)？

"这是个误会啊~>_<~！"

"误会个P！你这个劈腿男！"白娅冲过来扇了薄荷一耳光！

"你凭什么打我男朋友？"雪梨可不是白娅那种温室里的大小姐，一耳光回了过去。

"这明明是我男朋友！"

从来没有被人碰过一下手指头的白娅尖叫着扑了上来。

场面一片混乱，薄荷已经无心在意白娅是怎么出现在这里的，只觉得自己跳进黄河都洗不清了！

这到底是什么世道！

先是自己莫名其妙变成人，再接着突然冒出来白娅这么一个前女友，现在又多出来一个认都不认识的现女友。

半个小时之后，厨房一片狼藉。

阎雪政头痛地看着自己的女儿和那个漂亮的小姐一人一只手，拉扯着地上那个面如死灰的小白脸"他是我的""明明是我的"……

阎雪政捂着头，感觉自己这半生的面子都被丢尽了。

女人就是这样，只要有人跟你抢，就算是一件可有可无的东西，也会瞬间变成这个世上最好的东西。

薄荷此刻无疑是白娅和雪梨心中最好的"东西",最香喷喷的汉子!
但阎雪政还没有瞎,他的"沙漠之鹰"还握在手上。
他叫下属把两个女人控制住,把薄荷拖到面前。
"我不管你跟我女儿是怎么认识的,我也不想知道你们俩的感情发展到了哪一步。这里有二十万,你可以选择拿着这笔钱立刻滚出香格里拉。当然,你也可以选择留在这里,我保证,给你留个全尸。"

薄荷眼睛一亮,二十万太多了,十五万就够了。
"这位怎么称呼?阎总是吗?现金好麻烦,可以转我微信上吗?来来来,旁边这位小哥帮我把衣服拿一下,我要回去了,对,我现在就走,你们有车送就更好没车送也行!"
薄荷拉着气鼓鼓的白娅,"立刻""马上""头也不回"地逃离了这个鬼地方。
薄荷走得匆匆忙忙,走得欢天喜地,来不及也不记得回头看一眼那个为了他跟亲爹对着干的倔强少女。
理所应当的,他也没有看见少女眼中灰暗的神情,更没有看见,那滴滴落在空气中的泪水。

【乔迟日记】

10月7日　天气：晴朗

记得很小的时候,有一次天气热,睡不着,非让陈姨讲故事。

陈姨摇着扇子，边哄我入睡边轻声在我耳边说，其实啊在花街的深处，有一家谁也看不见的照相馆，叫——怀旧照相馆。

传说只有内心有所求的人，才能看见这个照相馆。

在那里你可以，延长寿命，可以家财万贯，可以得到一切你想要得到的，只有一个，你必须拿出等价的条件去做交换……

夏天的风，吹得我迷迷糊糊睡着了，故事也没有听完。

失踪了快半个月的白娅回来了。

但她好像忘记了很多事。

如果陈姨讲的那个故事是真的，那白娅求的是什么？

一个没有听完的故事总让人觉得有些难过。

如果我能走进"怀旧照相馆"，我愿用我下半生的快乐去交换我之前所犯下的错误。

10月13日　天气：晴朗

白娅和乔也都不在，有点小无聊。

想实验一个新的草莓大福。失败了。

糯米皮软塌塌不Q弹。

草莓太酸。

连比巴卜都不吃（~>__<~）臭狗！气！

10月14日　天气：晴朗

最近餐厅多了一个常客——利久良冰。

刚开始几天，他都气呼呼地坐在那儿一顿瞎吃。

最近几天都变得很安静，常常点一杯卡布奇诺看着发呆。

不知道为什么我突然觉得我们俩很像。

虽然他对外表现得很热闹，但我知道他内心一定和我一样孤单。

10月16日　天气：多云

今天餐厅的人不多，卧室里有点闷闷的，索性坐到了餐厅的大厅里看书。

看了没多久，突然发现眼前多了个人。

不知道什么时候开始，利久良冰坐到了我的对面。

他见我抬头，在我眼前晃了晃手，嘿，乔迟你还认得我吗？

我心想，我又不是瞎子晃什么晃。

我嗯了一声表示记得。

他就开始滔滔不绝地自言自语。

什么小的时候带着我一起去偷邻居家种的郁金香，一起钻下水道探险寻找忍者神龟。

他口若悬河的样子还和十年前一样。

有一瞬间，仿佛又回到了那个仲夏夜，我们仨躺在星空下轮流讲着最恐怖的鬼故事吓对方。

不同的是，现在面对面坐着的只有我们俩。

WODEGEGE
TABIANCHENGLE
MAO

—— 第五章 ——
山楂桂枝红糖水

1. 如果你非要让我承认自己出轨的话，那也要先在一起！

回程的飞机上，白娅的嘴巴已经噘到了天上。

"看不出你长得这么土气，还挺风流的嘛！"

"啊喂！白娅，你眼瞎了吗？英俊、帅气和完美的脸你看不见啊！再说了，我风流关你什么事，不是你先出轨的吗！"

"我跟利久良冰好的时候，我们已经分手了，分手了你懂不懂！分手之后再跟别人那不叫出轨！你这种背着我才叫出轨！"

薄荷被这个女人的奇葩逻辑打败了，生气地扳过她的脸，用力卡住。

"你听好咯，第一，我跟雪梨根本就不认识，我也不知道她为什么会那么说。

"第二，我们已经分手了！分手了！如果你非要让我承认自己出轨的话，那也要先在一起！"

（ ̄口 ̄）好像有什么不妙，刚刚脱口而出的那是表白吗？

白娅抿着嘴不说话，薄荷也尴尬得不知道说什么好，只能扭头去看窗外的云。

白云无尽，一朵又一朵地堆积在一起。

飞机在厚厚的云层上平稳地穿梭。

一切仿佛做梦一样。

人各有志，猫也有猫的梦想。

薄荷从小没有爸爸妈妈，经常为了一点食物跟野鸟抢食，也经常被野鸟欺负。薄荷就想会飞了不起啊，总有一天老子要飞得比你们还高。

不出薄荷所料，当它说出自己的梦想是飞得比鸟还要高的时候，其他的猫都笑得直不起尾巴。

虽然普通的鸟飞行高度只有一百多米，但这也足以让那些没有翅膀的动物望尘莫及。

一只猫想飞得比鸟还高？这不是天方夜谭吗！

此时此刻，坐在九千米的高空喝橙汁的薄荷生出几分感叹。

老子这算逆袭吗？

要不要自拍几张带回去给那些臭鸟看？

"咔嚓咔嚓——"这些云朵又厚又大看起来像棉花糖一样，好想在上面踩踩踩、滚滚滚。

薄荷边疯狂按快门，边在心里嫌弃：乔也手真短，早知道应该在香格里拉买个自拍杆……

【就算是荒唐到被嘲笑的梦想,也不代表没有机会被实现】

突然一阵气流经过,飞机剧烈地颠簸了起来。

虽然广播已经通知了是正常气流,但还是有一些胆小的乘客尖叫了起来。

对面一个五十多岁的大妈叫得石破天惊、气吞山河,一看年轻的时候就是文艺骨干。

长江后浪推前浪,白娅也叫得不甘示弱。

薄荷被吵得头都要炸了。

"不要再叫了,没事的,没事!我跟你说没事的!臭女人,你再叫我就亲你!"

世界瞬间安静了,白娅和隔壁的大妈一起看着薄荷。

大妈好像当真了 (((m -_-)m 要不要偷偷尿遁……

薄荷突然发现,不知道什么时候开始,他的手,牵着白娅的手……

偷偷捏一下,喏,软软的。

余光感觉到白娅瞪了他一眼。

不管了,反正牵都牵了,不如……再多牵一会儿……

2. 因为,这关系到,两条人命

算上当人的日子,薄荷已经是第1052次站在乔木有期的门口。

但无论哪一次都没有今天这么紧张。

（薄荷妈妈的在天之灵：带着别人的女朋友失踪了一个月，就算是畜生也会心虚啊！）

薄荷好不容易鼓起勇气推开门。

一大团白色冲过来，尾巴已经快要摇成螺旋桨，热乎乎的喷气嘴舔了薄荷一脸。

薄荷又感动又嫌弃。

"嘴硬心软的臭狗，几天没有欺负你，这么想我。"

"哼，何止比巴卜，我也很想你啊！"

薄荷（￣口￣）："说话就好好说为什么要拍我脸！"

良冰（→_→）："何止啊！老子还想打出你的屎！"

薄荷（. .）："几天没见，变这么粗俗。"

良冰（对方不想跟你说话并向你投掷一个表情凸-_-凸）："你小子给我老实交代，这几天带着白娅去哪儿了。"

"市场调查去了！"好不容易挤进两人中间的荣林冲着薄荷狂使眼色，"我们乔总每隔一段时间就要去世界各地考察美食。"（哎呀不知道这么粗糙的谎言良冰会不会相信啊，就算不信也不要在餐厅打架啊，才换的新餐具啊！）

"考察美食，为什么要带上白娅？"

小井："餐厅福利啊！每年到本餐厅消费的客人都有资格参与抽奖，一等奖就是由本店出资，同本店的店长一起去各地考察美食！"（荣林抚摸着小井：终于派上点用场。）

"哦,是吗,既然去考察了,那有什么收获拿出来分享一下啊。"
(利久良冰:这么拙劣的演技就想骗过我,当我傻啊!)

所有人都愣在当下,想着完蛋了牛皮吹破了,要怎么圆这个谎。
只见薄荷从随身携带的袋子里面,掏啊掏,掏出来一个小小的黄布包。
"本店长大费周章搞来的香料岂是你想看就能看的。
"咳,看你在我们店等了这么久,破例给你闻一下吧。"
本来以为只是薄荷随便找的借口。
但闻了一下后,良冰整个脸色都变了。

"你从哪里找来的这些香料!快告诉我。"
"香格里拉的一家餐厅。"
"哪家餐厅,走,你现在就带我去!"
薄荷挣脱良冰的手:"你疯了吧!是香格里拉!离这里几千公里!"
"我没跟你开玩笑,我现在就订机票,你跟我一起去。"
"要疯你自己疯,我不奉陪!而且……"薄荷顿了一下,"而且,当时是我们在迷路的情况下无意间走进去的,我根本不知道那里怎么去。"
"那就一家一家地找!就算把香格里拉翻过来,我也要把这家餐厅找出来!"
薄荷看着良冰通红的眼睛,不敢相信地问:"为什么这家餐厅这么重要?"

良冰:"因为,这关系到,两条人命。"

3. 三个昔日最好的伙伴,以一种惨烈的方式在一夜之间疏远

乔也巨大的白色卧室里,薄荷显得特别无助。

他侧躺在床上,双手抱着膝盖。

自从变成乔也以来,每当有什么棘手的事,薄荷都会这样躲在被子里静静地躺着。

这是薄荷从小最喜欢的姿势,把自己卷成一团,保护住脆弱的头部和柔软的肚子,背部的皮毛足以抵御外界的严寒。

这个姿势可以带给薄荷更多的安全感。

从良冰和乔迟的对话中,薄荷知道。

原来冰火楼曾经和乔木有期是同一家餐厅。

利久良冰的老妈和乔也乔迟的父母,受教于一个老师。

他们一起学厨是生死与共的好友。

但不知道什么原因,双方发生了分歧,并且从此变得水火不容再不往来。

利久良冰跟乔迟和乔也的年龄相仿,从小就被教育跟谁都可以玩,就是不许跟乔家那两兄弟有任何来往,凡是被发现有任何交集,轻则罚跪,重则关禁闭一周。

虽然极力反对,可花街年龄相仿的少年并不多。

良冰和乔也、乔迟私下仍然是很要好的朋友。

他们常常偷偷约着一起打球。

为此他们设计了自己的暗号，在良冰家楼下放小石头和树叶。

三颗石头就是约下午三点，一片树叶是操场见面，两片树叶就是后山。

日子本过得相安无事。

少年们也渐渐长大。

悲剧却悄然降临到这个家庭……

乔也和乔迟十六岁那年，他们的父母死于车祸，父母的小车被一辆大挂车撞得面目全非。

所有人都以为这是一场意外。

只有乔也和乔迟还有良冰知道不是。

因为从他们十岁起，家里每个月都会收到一封信，信上没有任何文字，只有一串数字的倒计时。

乔也父母死于车祸的那天，就是倒计时的最后一天。

原本有不良预感的乔家父母当天并不想出门。

无奈第二天是两个儿子的生日，而乔迟每年生日的时候都要吃熊形的水果硬糖。

车祸现场太过惨烈，小车被撞得只剩下一半，物品散落得到处都是，警察并没有发现什么人为的谋杀痕迹。

只有一个疑点，就是乔家父母死的时候，手里紧紧地抓着一包香料。

而这种香料是冰火楼的招牌香料，这个世界上只有良冰的老妈知道配方。

加上冰火楼和乔木有期常年的竞争关系,两家又是老死不相往来的死对头。

虽然警察没有找到任何证据,但所有的矛头都指向了良冰的老妈。

招牌香料只有冰火楼才有,不是她又是谁呢!

一定是她想除掉乔木有期,一家独大!

乔家兄弟这下可怜咯。

狠心的女人,听说她跟乔家夫妻以前还是同门师兄呢。

在巨大的舆论压力下,冰火楼迅速衰败,停业了整整三年,良冰的老妈也不知去向。

无论是乔也、乔迟还是良冰,这场事故无疑是改变了他们人生的一场巨大灾难。

这三个昔日最好的伙伴,以一种惨烈的方式在一夜之间疏远。

彼此,各生间隙。

4.乔也,你在哪儿呢,有像我想你一样地想念我吗?

"我凭什么要告诉你我母亲的住处。"

"只有她知道这个香料的配方,也只有她最清楚,当年那场车祸的事,所以我一定要找到她!"

"笑话,车祸的事,警察早就查清楚了,货车司机酒驾。我母亲要说的也早就说完了,她之所以选择消失就是希望不再被打扰。"

"良冰！你到底要不要告诉我你老妈的地址！"

良冰看着门口昔日的伙伴今天的情敌："怎么过去这么久了你还是这么天真，以为谁都跟你一样乐于助人，看着我的嘴型——NO！"

"砰！"巨大的白色木门关在薄荷的脸上。

"我 Kao！"薄荷憋了一肚子三字经，刚准备继续拍门。

突然门又开了，刚抬起手准备用力拍的薄荷失重往前一倒，直接跌到了良冰怀里。

"乔总投怀送抱啊？"

"啊呸！"薄荷立刻弹起来，恨不得把全身舔一遍！

"我想了一下，你要我告诉你我老妈的地址也不是没有可能，但你得跟我再比一场，上次'本味之神'侥幸让你赢了，这次你要是还能赢我，我就告诉你地址，如果你输了，放心，我也不要你身家性命，只要你去我家，给我做一个月的佣人，你看，怎么样？"

薄荷举起前爪，哦不，举起右手："一言为定！"

浓雾笼罩着整个花街。

道路两旁的植物都被雾挡住，伸手不见五指。

薄荷走在街上，肚子咕噜噜叫，好饿，想要找点吃的。

薄荷摸索着走啊走，雾气的深处，匠人在吆喝："冰糖葫芦——"

薄荷顺着声音往前走，走着走着突然前方出现了一个背影。

好眼熟，薄荷想啊想啊，想不起来。

突然看到背影的衣服上有一只黑色的刺绣天鹅。

薄荷心里一惊，低头看自己，身上也有一只黑色的刺绣天鹅。

薄荷认了出来！那是乔也的背影！

薄荷想要大声喊，用尽全身力气，却只能发出像蚊子一样的声音。

薄荷跌跌撞撞跟着"乔也"的背影往前赶。

突然薄荷的脚步声惊动了前面的人，前面的"乔也"停下脚步，慢慢地转过头来……

薄荷"啊"的一声大叫着从梦中醒来。

梦里薄荷跟着一个像"乔也"的背影，但当那个"乔也"转过头来时，人的身子上却长了一张猫脸！

那是薄荷的脸，带着哀怨的表情。

薄荷像照镜子一般，吓得从梦中惊醒，坐在床上半天回不过神。

从乔也失踪开始，薄荷已经当了三个多月的人，除了洗澡仍让他抓狂以外，他基本上已经适应了人类的生活，甚至在面对白娅的时候，他觉得当人比当猫更有意思。

如果不是这个梦，他甚至想要这么浑浑噩噩地过下去。

可这个梦提醒了他。

这不是他的身体，他的灵魂仍然是一只猫，而他现在，是一个有着乔也身体的怪物。

薄荷侧躺在床上，双手抱着膝盖。

一丝苦涩涌上他的味蕾。

眼角也湿湿的。

【乔也,你在哪儿呢,有像我想你一样地想念我吗?】

5. 让重要的客人满意

薄荷和良冰比赛的日子定在这周五。
比赛的题目是——让重要的客人满意。

绝大多数的人都猜测这个重要的客人是白娅。
毕竟花街"两大富二代争抢一个非主流"的八卦已经深入街头巷尾。
花街的婆婆阿姨出门,谁不知道点白娅最新的穿着和乔也的互动,都不好意思买菜。

离比赛还差一个小时,乔也与良冰约定的会场已经人山人海,热闹的架势绝对不输"本味之神"。
乔迟远远地站在人群的外面。
这次他比任何一次比赛都要紧张。
这个沉默寡言的少年,在厨艺上有着与生俱来的天赋。
之前乔木有期出现了好几次危机,不管多么惊险,都在关键时刻化险为夷,表面是薄荷在处理,实际上乔迟在暗中帮了大忙。

但这一次跟良冰的比赛,薄荷三缄其口,直到比赛当天乔迟才知道,他自然帮不上任何忙。

"乔总这次搞得这么神秘,都没跟我们商量,感觉胜算不大啊,要不然我们押良冰好了!"

"你这个墙头草!"小井一回头就被染了一头野鸡紫发的玛丽美吓了一跳。

"丑死了!餐厅不许染发你不知道?"

"白痴,这是一次性的!我查了乔总的幸运色是紫色,特意染了来给他助威的。"

"别废话了,你到底押哪边,我要下注了。"

"良冰!"

"妹子(＿＿)你是来搞笑的吗?"

玛丽美撩拨了一下她那头诡异的紫发:"虽然我的心我的人永远都是向着乔总,但我的钱包还是向着我自己。你看这次的赔率,良冰才1.1,乔总就有1.8,明显良冰的胜算更大啊!"

就在玛丽美和小井叽叽歪歪的时候,决定比赛关键的"重要的客人"出场了!

让所有人都大跌眼镜的是,这次比赛的评委"重要的客人"并不是八卦风暴中心的白娅,而是负责花街卫生清扫的李姨!

天空一声巨响,●＿●戴着太阳镜的李姨炫目登场。

等着看白娅的围观群众默默叹息,却又敢怒不敢言:毕竟美食不用天天吃,但家门口的垃圾一天不倒就会臭出人命!

戴着炫酷太阳眼镜穿着紧身旗袍的李姨落座后,比赛就正式开始了!

这次的比较简单,薄荷和良冰一人出一道甜品。

李姨喜欢谁的,谁就是冠军。

简单!粗暴!有效!

围观群众自发组织赌博小战场,纷纷押码。

按照之前抽签的顺序,良冰的甜品先出。

当餐盘揭开的那一瞬,李姨的眼睛都直了!

围观群众也都倒吸了一口冷气!

良冰自信满满地介绍道:今天的这款甜品名为"贵妇黄金膏"。

内里的冰激凌由来自十四个国家的可可、牛奶制成,因为密度够大,重量是普通冰激凌的一倍以上,这能让冰激凌的口感更加绵密。

除了口感以外,造型上也是下足了功夫。

冰激凌的外层由提拉米苏封边,做成了一个惟妙惟肖的"首饰盒"。

"首饰盒"的底端撒满了黑色的松露粉,视觉上呈现出一种天鹅绒的效果。

松露粉的内里铺上一层金箔,金光奕奕。

最最耀眼的是,首饰盒的中间还有一颗重达一克拉的,真正的蓝宝石戒指!

良冰穿着燕尾服,绅士地亲吻了一下李姨的手:"女士,你享用完这份甜品后,戒指可以带回家。"

此言一出,所有的围观群众都觉得乔也可以回家了。

谁不知道李姨最爱的就是钱!钱!钱!

这个大戒指怎么说也要好几万吧,外加这些听都没听过的进口食材,还有有钱人才能享用的食用金箔!

啊啊啊啊,这是上辈子修来的福气才被选中当这次的评委啊。

太……太奢华了!太炫目了!太符合李姨我的心理需求了!

如果不是满分只有100分的话,李姨恨不得打出1000分! 10000分!

如果不是现场只有一份的话,李姨恨不得对着良冰说再给老娘来十份!

所有押了良冰的都开始喜气洋洋计划着怎么度假旅游买包包。

所有押了乔也的都灰头土脸骂孩子怨老婆气运势不如人。

良冰感受到了现场一边倒的氛围,嘴边露出一抹得意的笑容。

这一局,他势在必得。

他已经想好了100招等着乔也去他们家当佣人的时候折磨他,哈哈哈哈,只要想到能整到乔也,良冰心里就乐开花,对比为此付出的这一点点奢华的原料费,简直是太划算了!

虽然众人觉得乔也已经拿不出什么更能讨李姨欢心的甜品,但抱着"看看你怎么死"的看热闹不嫌事大的心理,群众仍然给乔也的出场送来了稀稀拉拉的掌声。

"乔也"一脸淡定地走出来,端上一个盘子,上面放着一个复古感的圆形器物。

　　眼尖的围观群众表示，哎呀那个形状好像一个保温桶，哦不，它、它真的！是个保温桶！

　　千真万确！

　　所有人都惊呆了！乔也在金箔和蓝宝石的后面，举了一个保温桶！

　　大家都觉得乔也肯定是疯了，这已经不是自暴自弃了，这简直是在羞辱他的对手！

　　良冰看到保温桶直接哼了出来，没意思，赢得太轻松了。

　　在场的每个人都替乔也捏了把汗，只有一个人脸上露出了微妙的表情变化。

　　乔也的保温桶里既没有什么山珍海味，也没有什么奇珍异宝，就是简简单单的一桶紫米红豆沙，加了红糖，外配一碗五块钱都不到的山楂桂枝红糖水。

　　围观群众都发出嫌弃的嘘声。

　　李姨的脸却白了又红红了又白，保温桶里的热气熏得她眼睛直发酸。

　　十几年来李姨一直是单身一个人，没有人知道她名字叫什么，大家都喊她李姨，平时在花街负责沿街店铺的卫生。

　　搞卫生是个粗俗的活，李姨也磨炼了一身泼辣的个性，如果说刀爷是花街的刀神，那李姨就是花街的吵架之神，花街的大老爷们没事常常跟在她屁股后面，开些不三不四的玩笑，惹恼了她，她就叉着腰，粗着嗓门骂回去，比男人还凶！

很少有人会关心到她的内心，时间久了连她自己都不再把自己当成女人。

可是再像男人的女人，也不是真的男人。

李姨粗糙的双手下也曾有一颗少女的心。

这碗红豆粥刚刚好戳到了李姨心中最柔软的地方，她从小就有痛经的毛病，以前老公还活着的时候每个月的那几天都要做红豆粥给她喝。

红豆、山楂、桂枝、红糖，都是温经通脉、止痛化瘀的好东西，最适合女性寒性痛经食用。

而自从死鬼老公喝多酒掉进鱼塘溺亡后，十几年来李姨再也没喝过红豆粥。

今天是李姨这辈子最风光的一天，她穿出了十几年前大闺女时买的旗袍，用雪花膏认真地梳了精致的发髻，甚至还戴上了外国的洋眼镜。

良冰的"贵妇黄金糕"是她这辈子吃过最贵的食物，让她虚荣心大增，但黄金糕的表面是一层提拉米苏，内里却是满满的冰激凌。

没人知道今天是李姨的生理期，也没人在意这个，甚至连李姨自己都没当回事，围观的群众关心的只有高档的食材、出奇制胜的工艺，仿佛越贵的食物就是越好的食物。

只有李姨的胃知道，金箔和蓝宝石并不适合她。

吃完那一大块冰激凌后，她一直忍着肚子的剧痛。

贵妇膏奢华的表象下少了人间冷暖的烟火气，缺了一份发自内心的体贴和关心。

让所有人大跌眼镜的是，这份连名字都没有的红豆沙，得到了跟"贵妇黄金糕"一样的满分。

赌博小剧场的群众纷纷懊悔，这下好了，平局，庄家赚了！

利久良冰气得咬牙，薄荷却还不知趣地攀上了他的脖子："怎么办，平局哎，不如，我先去你家伺候你几天，然后你再告诉我，你老妈的地址？"

"你最好想清楚，爷不是那么好伺候的，所以现在知难而退还不晚。"

薄荷的手搭在良冰的脖子上，凑到他耳边说："书山有路勤为径，明知山有虎偏向虎山行！"

利久良冰："`_´ 我数三下，在我还没有揍扁你的脸之前收起你的打油诗！带上你的红豆沙给我滚！"

6. 我这辈子唯一有过的朋友就是你和乔迟

【薄荷 & 良冰日常】

"砰砰砰！"

"你好，我是这个小区派出所的民警，有人举报怀疑你们家有违法囚禁和斗殴。"

"砰砰砰……"

"你好,我是这个小区的物业负责人,有业主投诉,说晚上十二点以后,你们家仍然有超过50分贝的噪音……"

"喂!这已经是你打破的第二个花瓶了!"

"(ˉ▽ˉ)两个而已,来良总跟我念,莫生气……"

"对!只有两个!和之前的九个碟子、七个小碗、二十二个摆设!照着这个尿性,你工资全部扣都不够赔!"

"哼,资本家(ˇ^ˇ)。"

"哎,我拖鞋去哪儿了?"良冰一转头,"你变态啊!抱着我拖鞋做什么!还有那十件被你扯散的毛衣你解释一下!"

(薄荷:听不见((((^^)~~(^^))) 抱着毛线团在沙发上幸福地滚来滚去。)

阳光下两个大男人横躺在地上。

利久良冰:"太阳暖暖的,好舒服。"

薄荷打了个滚:"嗯,好舒服……"

利久良冰:"哎,你不应该去干活吗,厨房还有那么多碗没洗!"

薄荷:"让我躺一下嘛,我们不是发小吗,别小气啊喂……"

利久良冰:"放开你的手,放开放开放开放开!再不放我要叫了……"

薄荷（叉腰）："良总，你这么大个人上厕所都不知道要掀马桶圈吗（嫌弃脸）！"

利久良冰（心虚）："不……不小心忘记了嘛……"

薄荷："哼（、^´）滴到外面了啦！"

利久良冰（冒汗）："千万别告诉别人，乖，大不了这个马桶我自己洗，么么哒！"

"我们俩以前打球谁比较厉害啊？"

"当然是我咯！"

（哼，你就吹吧，反正我也不知道真相揭穿不了你。）

"那我们俩以前追妹子谁比较厉害啊？"

"当然是我咯！你都是跟在我屁股后面的。"

"那白娅呢？"

"……"

"啊——你干什么！"

"你还有脸跟我提白娅，看老子不打死你！喂，你有种不要跑！厨房里的碗洗不干净不要睡！"

"啊——啊——啊——"

"蟑螂有什么好怕的！看我帮你扑死它！"

五分钟后，薄荷拎着一只小强的胡须，凑到良冰面前。

良冰已经被逼到墙角，退无可退。

他求饶地看着薄荷。

"怎么办,今天你的衣服老子不想洗了。"

"没……问题……让……索菲亚洗!"

"那桌子怎么办?"

"索菲亚擦!"

"那我怎么办?"

"你?"

"嗯。(^_^)"

薄荷越凑越近,小强那长满倒钩的脚已经要碰到良冰的脸。良冰屏住呼吸,生怕一点气息吹动了它。

"你……你想怎么办(★>‿<★)……"

良冰感觉自己的声音都在颤抖,快要哭出来了……

"唱个歌来听听。"

"你够了!不要得寸进尺!"

"啊啊啊啊,拿远一点!啊啊啊,苦涩的沙吹痛脸庞的感觉,像父亲的责骂母亲的哭泣,永远难忘记。年少的我喜欢一个人在海边,卷起裤管光着脚丫踩在沙滩上……"

薄荷:"总是幻想海洋的尽头有另一个世界,总是以为勇敢的水手是真正的男儿,总是一副弱不禁风孬种的样子。在受人欺负的时候总是听见水手说!"

良冰和薄荷你一句我一句,越唱越嗨,最后手牵着手一起站在沙发上大喊:"他!说!风!雨!中!这点痛算什么!擦干泪不要怕!至少我们还有梦!啊!他说风雨中这点痛算什么!擦干泪不要问!为什么,为什么……"

（读者ABC：作者你这真的不是在凑字数吗？）

（作者本人：不不，这是他们儿时的回忆。）

（编辑：为什么两个时尚的汉子要唱这种八十年代的KTV老歌，作者你出来看我打不死你。）

（作者本人尿遁……）

转眼就到了这个月的最后一天，良冰和薄荷坐在沙发的两侧，一人一个手柄玩电子游戏。

平时良冰都竭尽所能要踩死薄荷，今天却有一点心不在焉，犯了好几次低级错误。

"喂，你今天怎么了，这样玩很没劲哦！你再这样我就去洗碗去了！"

"你这人有自虐倾向啊！今天什么活都不用干了，你就陪着我玩游戏吧。"

"怎么，舍不得我？"薄荷眯着眼睛凑到良冰面前，"舍不得我就赶紧告诉我你老妈的地址，我好快去快回。"

"呸！"

良冰仰着头向后倒在柔软的地毯上："就怕你去了就回不来，说实话我也好多年没见过她了，自从出了那次事之后，她就关了冰火楼，去了一个谁也不认识她的地方。

"她给我办了转学，但其实并没有跟我生活在一起。只是通过信托基金每月按时往我的账户里打钱，这些钱足够我在学校里富余地生活，却替代不了情感上的空缺。"

"以前虽然我老妈也不怎么搭理我,但回到家,总是有盏灯亮着,你知道有人在等你。

"她离开我之后,我每天都要玩到天黑才回家,尽量在外面把体力消耗到零,回家倒头就睡,这样就不会觉得孤单了。"

薄荷停止了手中的游戏,认真地看着良冰。

这个外表浮夸又绝对英俊的心机总裁,其实也只是一个孤单的没有朋友的大男孩。

乔也和乔迟曾给了他最美好的回忆,却又因为一场意外被剥夺。

薄荷突然觉得那一瞬他理解了良冰,不是乔也,而是薄荷自己,因为共同感受过至亲的不告而别。

所以更能懂得彼此的孤单。

"不怕你笑,我这辈子唯一有过的朋友就是你和乔迟。

"我转学后,好像失去了与人交往的能力。

"我看到的每一个人都觉得他们带有某种目的,任何事情我都能下意识地转换为一堆数字。

"吃个饭的成本大概一千,追一个女朋友的价格大概是两三万。

"渐渐地,我的人生好像变成一个巨大的舞台剧,不管是恋爱,还是交朋友,都好像是演给外人看,没有观众就索然无味。

"我想。可能是我上辈子做了什么错事,所以这辈子被惩罚不配拥有爱的权利吧。

"不管是亲情、友情和白娅。最终,都会一一离我远去。"

【乔迟日记】

10月22日　天气：晴朗

今天带比巴卜上街，想要买点食材。

结果路过一个日式奶茶店。

比巴卜像疯了一样冲进去。

我被迫跟进去后，发现原来是里面有一只小金毛。

奶茶店的店主说这只金毛叫琪琪，是个一岁半的小姑娘。

比巴卜似乎很喜欢琪琪，围着它转了几圈，各种舔，口水毫不吝啬地往上糊。我用余光看见琪琪的主人脸已经变绿了。

在比巴卜想要更进一步做出羞羞的举动时，我强行拖走了它。

长这么大从来没这么丢脸过 >_<|||……

不知道网上有没有卖接口水的罩子，我要买一个给比巴卜套上。

10月23日　天气：晴朗

今天是乔木有期和冰火楼的第二次正式的比赛。

乔也和良冰打成了平手。

但我并没有很开心。

这次比赛乔也做得密不透风，我也没能帮上他的忙。

最让我吃惊的是，乔也选择了打怀旧的感情牌。

他似乎完全变了，他以前最擅长高难度的烹饪技巧，每次比赛都会准备一些珍稀的食材。

但最近几次，他越来越走感情和怀旧的路线，做的菜也越来越接近原味。

这真的是乔也吗？

可不是他又能是谁呢？

10月24日　天气：晴朗

因为比赛平手的关系，最近乔也都在良冰哥家当"佣人"，我虽然表面上没有反对，但其实心里很担心。

好几次散步都不知不觉走到了冰火楼楼下。

我想要敲门，抬起手来，又放下了，害怕门开了看见乔也严厉的眼神，越是这种时候，越是不愿意让人看见吧？

我在楼下站了一会儿，就听见瓷器丁零当啷碎掉的声音伴随着良冰的哀号，好吧，可能是我想多了。

吃虫子的秘密

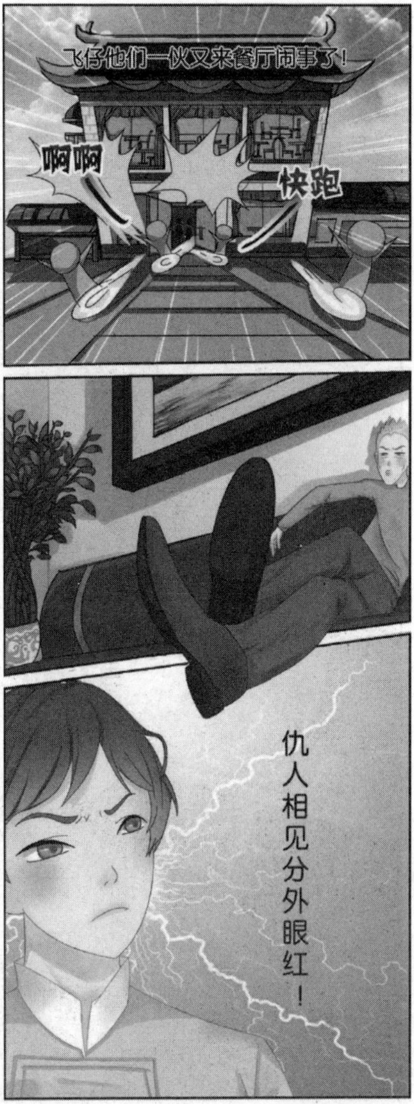
飞仔他们一伙又来餐厅闹事了！
啊啊
快跑
仇人相见分外眼红！

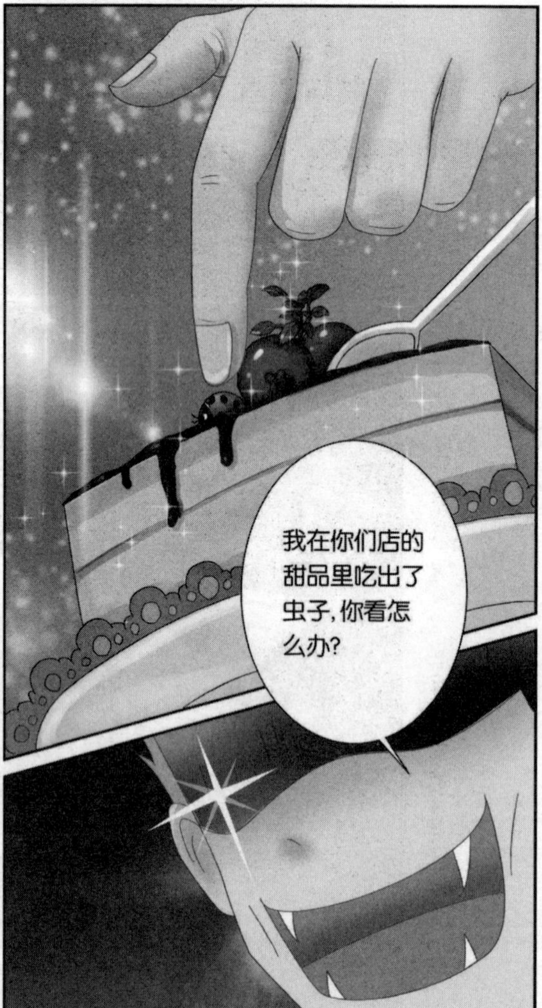
我在你们店的
甜品里吃出了
虫子，你看怎
么办？

拍桌子
哇靠，当我瞎了！
明明是你撒上去的！
老板，不能跟他硬碰硬，
餐厅这么多东西打坏了，
不划算。
他们就是来找碴的，
给点钱让他们走人吧。
这位小兄弟，你看错了，
这不是虫，是葱！
哇靠！
你当我傻啊！
是你先当我
瞎的！！！
你说是葱
那你吃了它！
吃就吃！！！！
全部石化……
你听说了乔木有期的
老板吃虫子的事了吗？
啧啧啧，当老板不容易啊！
我听说啊，
吃虫子壮阳的！
(⊙o⊙)啊！

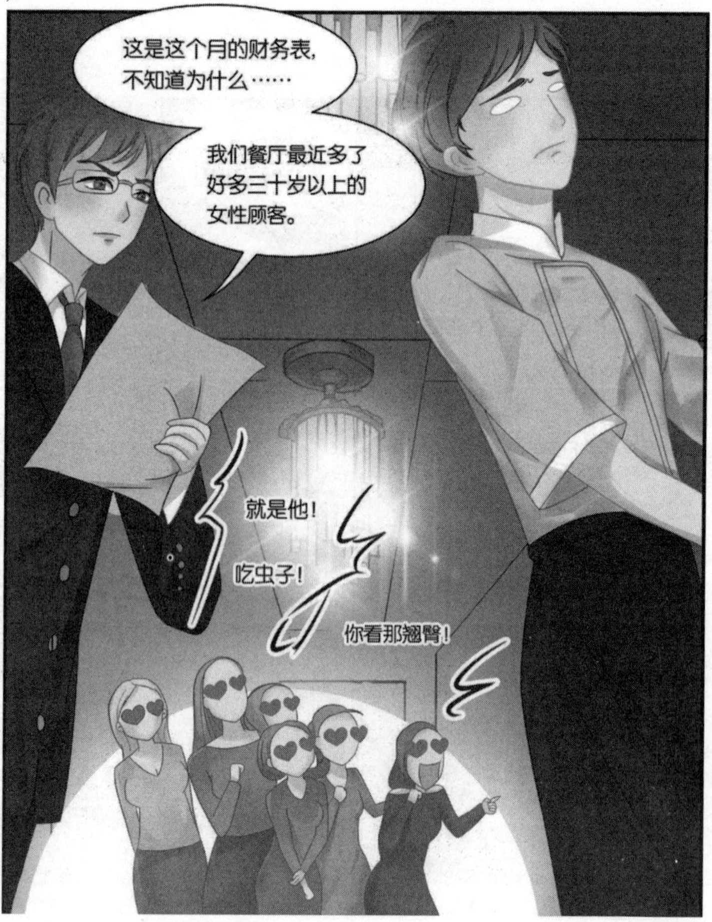
这是这个月的财务表，
不知道为什么……
我们餐厅最近多了
好多三十岁以上的
女性顾客。
就是他！
吃虫子！
你看那翘臀！

第六章
神秘的红色调味料

1. 寻找即见庵

"小妹妹,这个烤乳扇多少钱啊?"

"这个话梅是特产吗,酸不酸呀,我很怕酸的哦……"

薄荷背着双肩包,戴着太阳镜,站在大理古城的街头,快要被紫外线烤化。

小井却还在跟摆摊的少女眉来眼去。

唉,到底是哪个蠢货提议带上小井装成观光客的样子,回去一定要扣他工资!

按照利久良冰给的地址,良冰的老妈应该就隐居在洱海边的一座即见庵里。

但他们沿着古城的地图走了几圈都没有找到上山的路。

薄荷累得只想瘫倒在大理的青石板路上。

除了累,肚子也咕咕叫得震天响。

薄荷觉得自己如果再不补充一点食物,这副乔也的躯壳就要被自己饿死了。

但古城里的美食都黏糊糊的很不合小井的胃口。

他这也不肯吃那也不肯吃。

(薄荷:→_→喂,到底你是老板还是我是老板!为什么你比我还挑食?)

(小井:(^_^)/~~挑食的人才长得帅哦!)

好不容易看到一家 KFC,薄荷迫不及待地冲进去。

"鸡翅汉堡薯条可乐一个给我来十份!后面那个栗色头发的蠢货付钱!"

(小井 T_T)

"对不起,这些都卖完了!"

"有没有搞错!全部卖完了?"

"嗯。"

"那我怎么办,我会饿死的!"

"还有最后两份儿童套餐,先生您要买吗?"

(小井(^_^)y 钱包保住了)(薄荷→_→回去再找你算总账)

"(̄▽ ̄;)好吧,请给我们两个儿童套餐,后面那个蠢货付钱!"

勉强垫了点肚子之后,薄荷继续拖着小井,小井拖着两个儿童套餐送的大玩偶,在古城乱窜,寻找知道去即见庵的人。

一路上,薄荷对小井的嫌弃到达了顶点。

这个家伙,长得有几分颜值,嘴巴又甜,走了一路撩妹撩了一车。

不管是火车上卖盒饭的大妈,还是古城边卖杨梅的少女,都被他那两个巨大的酒窝欺骗,不是同样的盒饭菜比别人多了一倍,就是卖杨梅变成喂他吃杨梅!

怎么不把杨梅塞到他那个该死的酒窝里去!

薄荷鄙视得鼻孔朝天。

小井也不在意,继续占着大妈和少女的便宜。

过了一会儿,小井突然"哟"的一声发现手机欠费了。

幸好古城里有一家小小的营业厅。

但让他们没有想到的是,这家唯一的营业厅今天居然停止营业!

营业厅的客服经理在门口抱歉解释。

原来是营业厅不小心有一点业务纠纷,有一个客人赖在营业厅不肯走,故意拖延时间。

小井:"那我们怎么办?"

客服经理:"非常抱歉,只能明天再来办理了。"

小井:"不行,如果欠费了就没有网络,那我还怎么跟MM们聊QQ。"

客服经理投来一个爱莫能助的眼神。

小井:"就不能把那个故意捣乱的无赖轰出去吗?"

客服经理:"非常抱歉,我们公司的宗旨是你虐我们千百遍,我们待你如初恋,客户就是上帝,我们是不能赶走上帝的。"

小井:"那对方要是一直不走怎么办?"

客服经理:"那也没办法,只能让柜员一直陪着他,因为开始他说了,只要柜员起身或者离开他就立刻投诉。"

小井又好气又好笑地推开客服经理,直接朝营业厅走去。

一进去,小井就看见柜台前坐着一个斜眉歪眼的猥琐男,歪躺在旋转椅上,跷着二郎腿,一脸小人得志的表情。

柜台里面,一个圆脸的大眼睛姑娘低着头,脸红红的,一看就是刚哭过。

"哭 P 啊哭,要哭回家哭,别在这里丢人现眼!"

猥琐男和圆脸的姑娘看着小井一脸不解。

小井嘻嘻一笑,露出两个大酒窝。

"这是我老婆,不太懂事,这位老板怎么称呼啊?"

"陈……友……"

"陈老板啊!"小井用尽全力照着猥琐男的肩膀一拍!

"啪!"

猥琐男被他拍得差点从椅子上摔下来,对面的姑娘破涕为笑。

"陈老板啊您大人大量!我老婆没教好,惹您生气了,我在这里帮她赔个不是,但是呢我家孩子饿了,已经过了她交班的点一个多小时了,您看是不是您大人不记小人过,高抬贵手让我老婆先回家喂个孩子怎么样?"

"你们家的时间是时间我的时间就不是时间吗,她慢手慢脚办个业务耽误了我十几分钟时间,我现在就是故意拖着她,让她知道干等是什么滋味!"

小井对着对面的姑娘眨眨眼睛:"快跟陈老板说对不起。"

"对……不起……"

猥琐男:"这还差不多,但说句对不起就完事了吗?你可是耽误了我十几分钟啊。"

"光说对不起太没诚意了,毕竟耽误了您这么长的时间。怎么着也得陪您喝两杯赔罪不是。"

小井"啪啪"从随身带的背包里甩出两瓶五十六度的二锅头。

"怎么样?你一瓶我一瓶?"

"你疯了啊,这么大一瓶白酒下去会死人的!"

"那你不喝也行,我一瓶干完,就当赔罪,你也不能再为难我老婆。"

"你倒是喝。"

小井笑嘻嘻一仰头,三十秒气都不换一个,一整瓶咕噜咕噜下肚!

(此处温馨提示:十八岁以下请勿模仿,十八岁以上请在家长的陪同下改喝可乐。)

圆脸姑娘和猥琐男都惊呆了。

毕竟这是一整瓶二锅头!

(薄荷扶额:这瓶在火车上买的掺了四分之三白开水的山寨二锅头终于派上了用场。)

小井喝完之后脸不红心不跳,对着营业厅的大门做了一个"请"

的手势。

猥琐男看了看空空的酒瓶,又看了看小井,憋着一口气离开了……

"慢走,不送。"

猥琐男走后,小井一屁股坐在旋转椅上,又开始显摆他的酒窝了,该死!

"这位哭得眼睛都肿了的Lady,现在可以帮我办理话费业务了吗?"

"谢谢你。"姑娘脸圆圆的,笑起来也有一个小小的单边酒窝,仿佛一颗香气四溢的大苹果。

"举手之劳。"小井挑了下眉,"况且,帮助美女是我的天性。"

"嗯,这是您的缴费单,已经办好了。"

"你看你这样笑着多好看。这么快就办好了啊,谢谢美女,我走了啊。哦对了,看你上班也挺辛苦,送你一个玩偶,拜拜。"

小井高高兴兴从营业厅出来,交了话费,又处理掉了KFC送的那个丑死了的娃娃感觉轻松多了。

2. 她临走前,留下一封信,说是给第一个来找她的人

在古城转了第三个死圈之后,薄荷和小井都接近崩溃了。

地图上明明是这么标的没错啊,为什么走来走去总是走回原点呢?

问了几次路人,大家不是说不知道,就是一脸警惕地避开。

薄荷觉得有点蹊跷,却又问不出所以然。

正一筹莫展,小井的手机铃声突然响了:"你是那傻逼,傻逼傻逼傻逼……你是那傻逼,傻逼傻逼傻逼……傻逼扣扣提……"

半条街的人都诧异地看着小井。

(薄荷:下次再带你出来我就是傻逼!老脸都给你丢光了!)

(小井:这是一首德国儿歌好吗!很红的!)

"喂,请问是井枫先生吗,我是刚刚那个柜员,我叫西子。"

"(⊙v⊙)嗯?"

"中午的时候,谢谢你。"

"小意思啦。"

"我听说,你们在找上山的路是吗?"

"(;°○°)对!你知道吗?"

"嗯,你们拿着街上买的地图是找不到那条路的,那个地图是专门给游客看的,当地人担心游客上山会打扰到神明,故意做了一份专门有所保留的地图。"

"(̄▽ ̄)太狡猾了!哦不,太奸诈了!哦不,太神秘了。那你知道怎么找到进山的路吗?"

"嗯,也不用重新买地图,你们只要将自己的地图向着西南方转15度,然后沿着河流走,看到一个巨大的马尾杉就是进山口了。"

"你怎么知道我们在找进山口?"

"嗯……你们已经在这个街上转了一天了,又不进店也不购物,肯定就是来找进山口的。"

"那你……又是怎么知道我电话的。"

"刚刚你交话费的时候,我偷偷抄的。"隔着话筒都能感觉到姑娘的脸红。

(薄荷:总算这个蠢货发挥了一点作用!)

(小井:是关键性的作用,关键! OK!)

有了西子的指导,薄荷和小井很快找到了上山的路。

往山上走了不到两个小时,他们就看到路边有一座小小的尼姑庵。

即见庵。终于到了!

这辈子就没走过这么长的路,好想在这碧绿的草地上打滚啊!如果不是边上有个蠢货的话。

薄荷瞥了一眼小井,心里阴恻恻地想。

临进去前,两人都有点紧张。

毕竟不请自来,看利久良冰那么怕他老妈,这位阿姨应该蛮凶的吧。

两人在门口正你推我推你,都想让对方先进去的时候,一个穿着青布衣的少女走了过来。

他们说明来意后,少女噔噔噔,拖出来一个穿着主持衣服模样的人。

(薄荷内心:这就是良冰的妈妈吗?感觉很不像啊!)

(小井内心:看来良冰长得像爹思密达。)

"你们是来找蓝玉的吧。"

(薄荷内心:啊原来良冰的老妈叫蓝玉。)

(小井内心:幸好不是这位,差点以为良冰基因突变。)

"你们来晚了,蓝玉已经不在了。"

…(⊙_⊙;)…愣怔脸。

"但她临走前,留下一封信,说是给第一个来找她的人。"

3. 或许,问题的答案正等着你们去一一揭开……

嘎玛:

你好!

我知道你一定不叫"嘎玛",但我不知道你的名字,所以请原谅我自作主张为你取的这个称呼。

"嘎玛"在藏语里是天上的星星。

我曾经和你的母亲一起躺在最绿的草地上看夜空里最亮的星星。

也曾经和你的父亲一起在星空下虔诚许愿。

所以我想,你一定有双像星星一样明亮的眼睛。

你一定很奇怪,我连你的名字都不知道,却又知道你是谁。

你的父母死于非命,而我是最大的嫌疑人。

我想你成年后一定会来找我的,对吗?

在我告诉你,你最想听到的事之前,请允许我这位罪人,先讲一个很久很久以前的故事。

毕竟,我已经病入膏肓。

很多事，都需要有一个树洞，将之封存。

好了，故事开始了……

从前在西湖的湖边，有一家世代经营的旅店。

这家旅店很小，小得只有十间客房，但它的价格却比周围很多五星级的酒楼还要昂贵。

虽然价格昂贵，但这家旅店的生意十分之好。

好到，房间都要提前半年预订。

很多人千里迢迢来到这座城市，就是为了能在这家旅店住上一晚。

听到这里，你一定想知道这家旅店有什么过人之处吧。

这家旅店的装修非常简朴，也没有什么引以为傲的特色服务。

唯一与其他旅店不同的是，这家店的厨师做东西非常好吃，好吃到无数人专程前往，只为品尝那几样招牌美食。

更有传说，说不仅仅是人，就算是路过的妖魔鬼怪也会被所做食物的香气所吸引。

也有一些人说，这家旅店的东西之所以这么好吃，是因为厨师是个妖怪，烹饪的食物都是用的人油。

这些传说更让这家隐藏在闹市边缘的旅店蒙上了一层神秘的色彩。

旅店的老板跟厨师一辈子都是很好的朋友。

旅店的老板有一个女儿，从小就聪明过人，又生得一副好面孔。

旅店的老板四十岁才有这个女儿，对她百依百顺，视若千金。

含着金汤匙的姑娘从小就在宠爱中长大,在她眼里世界上任何东西,只要她想要,她都能得到。

十六岁以前,她都不知道烦恼是什么。

在小姑娘五岁的时候,旅店里发生了一件大事。

厨师带回来了一个八岁的小男孩。

有人说那是他的私生子,也有人说厨师没有老婆,这个孩子是他领养回来养老的。

无论外面的人怎么议论纷纷,厨师这个闷葫芦也不做一丁点解释。

时间久了,大家也就习以为常了。

但对于这个旅店的小姑娘来说,她的生活却发生了翻天覆地的变化。

她多了一个哥哥。

这个她生活里从来没有过的生物。

小哥哥长得非常好看,她从小生活在旅店里,南来北往的旅人看过无数,没有一个人的眼睛比这个小哥哥更亮。

在厨艺方面小哥哥更是展现了惊人的天赋,自己的父亲和厨师叔叔都很喜欢他。

最最重要的是,这个小哥哥对她非常好,什么好吃的都要留给她吃,什么好玩的好看的第一时间也只想到她。

旅店里的人都说,厨师带回来的少年是个天才,十岁起就能做出让老厨师都惊叹的美食，很多人预计不超过五年，这个少年的厨艺一定会超过厨师，也一定会有更高的成就。

大家还说，这个少年跟旅店老板的女儿青梅竹马，长大后，一定会娶她为妻，继承这个旅店，两人相敬如宾，长相厮守，传为佳话。

大家说得多了，小姑娘也就当真了。

在她心中，她的人生，如一辆花林中穿梭的火车，轰轰隆隆，轨道清晰，目标明确，沿途都是绝美的好风光。

她会无忧无虑地长大，她会嫁给这个少年，他们会一起接管父亲的旅店，等到很久以后，孙子孙女承欢膝下。她再跟少年在岁月中老去。

她猜中了这个开头，却没有猜到这个结局。

她十六岁的时候，旅店来了一个背包客少女。

跟她年龄相仿，在旅店住了一周。

如果说旅店老板的女儿是一朵娇艳的玫瑰，那这个背包客少女则是一朵沙漠里的曼陀罗。

少女皮肤晒得黝黑，绑着一头利索的牙买加脏辫。

脏脏的破洞牛仔裤，配上军绿色的工字背心，U形的领口处若隐若现。

充满着危险性和诱惑性。

旅店老板的女儿从小就在这个城镇长大，去过最远的地方不过是镇上的集市。

背包客少女则不同,她才十六岁,已经走遍了十五个国家。

夜空下,少女头挨着头并排躺在一片紫云英花丛中。

背包客少女给旅店老板的女儿讲旅途中有趣的经历。

讲着讲着就睡着了,广阔的天地中只剩下她们和一轮明月。

一周很快过去。

背包客少女要继续自己的旅程。

旅店老板的女儿很舍不得,虽然只有一周,但在她心中少女已经有了很重的地位。

但她留不住背包客,她只能从自己的柜子里拿出一个金丝绒锦珐琅镶边的红盒子,盒子里面有一只天然水晶的小鹿。

"送给你,希望你看见这个小鹿就能想起我们在一起的愉快时光。"

背包客少女高兴地收下了礼物,并真诚地跟旅店里的每一个人拥抱道别。

轮到少年的时候,少年却一反常态。

像是下了很大的决心,少年咬着嘴唇:"我不想跟你道别,我要跟你一起走。"

这轻轻的一句话,仿佛平地的一道惊雷。

所有的人都炸开了锅。

但谁也比不上旅店老板的女儿听到这句话时内心的冲击。

她甚至开始怀疑自己。

"是我听错了吗?""一定是我听错了。""不是说好的以后要娶我的吗?""你们走了我怎么办……"

这个世界上有两样东西一旦开始发酵谁也拦不住。
一个是要下雨的天。
一个是要离开你的人。

很显然,旅店老板的女儿误会了一件事,厨师的养子对她只有兄妹之情。
这场青梅竹马的戏,从来都只有她一个女主角。
怪只怪她入戏太深,明白得太晚。

从她五岁见到少年起,至今已经有十一年。
人生有几个十一年。

听到这里,我想你们应该早就猜到了。
那个旅店老板的女儿就是我。
而厨师的养子就是你们的父亲。

你们的父亲,是我见过的这个世界上最好看的人。
一个这么好看的人,我怎么能轻易放手呢。
于是我以死相逼,希望他能改变心意。

我的父亲甚至低声下气地恳求他,只要不走,整个旅店迟早是他的。但他却一意孤行。

最后他的养父站了出来,跟他说:我知道你早晚有一天要离开,但没想到这么快。

你虽然不是在这里出生,但这个旅店教会了你做人的道理,你不能如此忘恩负义。

如果你真的要离开,必须进行一场厨艺上的较量,如果你赢了,你想做什么我再也不拦你。

我以为厨师说的这场较量主角是他和少年。

但厨师却对我说,蓝玉,幸福不是哭哭啼啼,是要靠你自己去争取。

我从小就是一个养尊处优的大小姐,我生长在这个以美食成名的旅店,却从未下过一天厨房,我甚至分不清料酒和老抽的区别。

但为了乔一辰,也就是你们的父亲,那一个月里,我除了吃饭睡觉以外,其余的时间全都泡在厨房。

我手上被溅出来的滚油,烫出了水泡,手指上更是有七八道伤。

短短一个月的时间里,我逼着自己从一个十指不沾阳春水的大小姐,变成一个可以做满汉全席的一流厨师。

但我还是输了,乔一辰拿出了他全部的实力。

我溃不成军。

乔一辰离开后，我很长一段时间都不愿走出家门。

我不想看见父亲心疼的眼神，也不想看见其他人欲言又止的目光。

我甚至开始有点恨乔一辰。

他为什么可以走得这么干脆。

我们在一起，朝夕相处了十一年，那些好听的话都是假的吗，那些点点滴滴的事他都忘了吗？

三个月之后，我也离开了旅店。

我已经不再是那个无忧无虑的少女，我的心中充满了求而不得的仇恨。

这世界上从来就没有我得不到的东西。

我因为一场厨艺比赛输掉了乔一辰，我发誓一定要找到一个更好的厨师，拜他为师，有朝一日在厨艺上打败乔一辰。

离开旅店后，我从云南出发，途经缅甸、老挝、越南、印度尼西亚、澳洲……最后在北美洲的苏必利尔湖边我认识了寇里。

他是一个疯狂的生物学家，也是一个美食爱好者。

我与他有过一段短暂的恋爱。

但我不是真的爱他，我肯定。

我离开苏必利尔湖时，他拿出了一罐红色的调味料作为离别的礼物。

我以为那只是某一种蘑菇粉或者小茴香粉。

然而，让我意外的是，那是一种非常非常奇异的调味品。

它本身没有任何味道，但只要一点点，就能让客人为之疯狂。

我靠着这罐神奇的香料，在异国他乡站住了脚。

我在多伦多开了一家中餐馆。

每天有无数的人争先恐后，排长队来品尝我做的美食。

但好景不长，有一些客人吃了加了调味料的饭菜之后，出现了晕倒的现象。

导致有一对华人夫妻，在行驶过程中，老公突然晕倒失去知觉，小车撞到护栏，车门挤压变形，无法开启，车头发生爆炸，夫妻俩被活活烧死在车里。

虽然警方没有查到任何跟我们食物有关的证据。

但我心里清楚，是调味料的问题。

因为内疚，我关闭了多伦多的中餐馆，并领养了那对华人夫妻八个月大的儿子——利久良冰。

我带着良冰回到国内，想要找个安静的古城，开一家小小的餐厅，平静地过下半辈子。

但当我选好地址准备开张时，才发现花街的另外一家餐厅老板竟是乔一辰和红页，也就是你们的爸妈。

世界那么大，我选了那么久，竟然选在了乔一辰祖业的对面！

哦对了，忘了说，乔木有期是个有百年历史的餐厅，但生意一直都不尽如人意。然后他们这代的管理人就想出一个办法，将自己八岁的长孙送去一家知名的餐馆学厨艺，他们选来选去最终选定了我父亲的旅店。

他们利用了人性的善良，让厨师在回家探亲的路上"捡到"这个乖巧的男孩。

从一开始起，乔一辰的出现就是一场阴谋。

只是这盘棋下得太大，伤人一百自损八十。

我不知道乔一辰当年的执意离开，是一个逃离谎言的借口，还是真的为爱而去。

我很想问问他，有没有一点点爱过我。

又或者在我们朝夕相处的漫长的十一年中，他是否也曾有过哪怕一丁点的心动？

但当我看见红页隆起的小腹时，我把这些问题都一个一个地咽了回去。

我开始用心地经营我自己的餐厅，我为它取名"冰火楼"，认真地打理它。

我想让乔一辰知道，我不再是当年那个输给他的爱哭鬼。

总有一天，我会把自己输掉的尊严都赢回来。

最后说一个你最想听的问题。

你父母死于非命，但我并不是凶手。

那罐调味料,在我收养利久良冰后再也没有使用过。

寇里也在一次化学实验中爆炸身亡。

我不知道还有谁知道这种调味料的来源。

或许,问题的答案正等着你们去一一揭开……

4. 那只能丢硬币来决定了

薄荷:"(ˉ▽ˉ;)呼……终于看完了。"

小井:"信好长,阿姨好能写。"

薄荷:"突然好同情良冰,有个这么啰唆的老妈。"

小井:"(→_→)话说,良冰他知道自己不是亲生的吗?"

薄荷:"应该不知道吧。"

小井:"那我们应该告诉他吗?"

('-')('-')默默相对思考该问题的薄荷和小井……

薄荷:"会不会太残忍了一点?"

小井:"会。"

薄荷:"那我们就假装没有看到那一段吧。"

小井:"嗯!"

('-')('-')默默相对无言的薄荷和小井……

薄荷:"但……他永远不知道自己的身世会不会更残忍?"

小井:"会!"

薄荷:"那我们还是告诉他吧(上面那个'会'你只打了句号,下面这个'会'你打了感叹号,感觉你更认同这个啊!)"

小井(抓狂):"我只是随便打了个!你不要这么任性好不好!"

薄荷:"那只能丢硬币来决定了。"

小井:"(T_T)这么严肃的事用这种草率的方法真的好吗……"

薄荷:"少废话,你押字还是花,谁押中就听谁的!"

小井:"花!花!花!"

硬币被弹起,又迅速落下……

哎呀呀呀,硬币……滚到沟里去了。

(ˉ口ˉ)脑中一片空白……怎么办……

【乔迟日记】

10月26日　天气:晴朗

乔也不在家,小井也不在,餐厅的氛围变得一片祥和。

终于再也没有人鸡飞狗跳了,但女顾客好像少了很多,这是怎么回事?

10月28日 天气：多云

下午餐厅客人不多，放了大家半天假。

刀爷和荣林手挽手出去逛街去了。

这两人自从一起合作了一份招牌牛肉面后，感觉就变得好奇特。

时而亲密，时而为一些莫名其妙的小事翻脸。

下午没事，我想要做个草莓马拉卡蛋糕。

准备了草莓、淀粉、淡奶油、吉利丁、鸡蛋、戚风蛋糕、巧克力和糖酒液。

开始第一步洗草莓。

预计选了十五颗中等大小的草莓，将它们一一洗净。

一颗、两颗、三颗、三颗、三颗、三……

洗着洗着突然发现，为什么洗了半天碗里只有三颗？

突然一个毛茸茸的白嘴巴出现在我后面……

比巴卜！

浑蛋！你晚上没肉吃了！

（比巴卜：呜——）

10月29日 天气：阴

入秋后天气一天比一天凉。

比巴卜最近食量大增，每天半夜都要溜进厨房去偷吃。

哼，蠢货还以为我没发现。

我只是不想跟它计较罢了。

每当我用鄙视的眼神盯着它刨狗粮的时候。

这家伙都用一种,"怎么了,我在养膘"的眼神回应。

在这一点上,乔也是明智的。

猫虽然讨厌,但至少不会吃穷你。

(比巴卜:呜——)

10月30日　天气:晴

本想出去买一点食材,结果刚走到门口就碰见了白娅和良冰。

不知道为什么,从云南回来后,白娅跟以前有点不一样了。

哪里不一样我也说不上来。

虽然还是一天到晚变换发型和美瞳,但身上那股子张牙舞爪的劲消失了很多。

不知道是不是我的错觉,我总觉得在面对白娅的时候,她眼神有一点躲闪,这可是从前从来没有过的。

我们三人面对面地坐着,相对无言。

后来不知道谁提议打扑克,输了画脸。

最后,我和良冰一盘没输,白娅被画得满脸都是,像熊猫一样哭着跑了出去。

虽然他们没说,但我知道他们是想你了。

其实乔也,我也有点想你。

10月31日　天气:晴朗

又到了每个月最可怕的日子——月底结算。

每到这一天，荣林的脸，就会从曹操变成李逵。

一下白一下黑。

如果乔木有期倒闭了，爸妈应该会气得从坟里跳出来吧，这么想想好像也不错（^_^;）。

第七章
苦涩珍珠奶茶

1. 干脆,我们重新模仿蓝玉的笔迹写一封假的信吧!

花街转角处,薄荷和小井坐在"佳飞"甜品屋。

(读者:这是什么鬼?)

(薄荷解释脸:就是黄毛阿飞和佳佳合开的甜品屋啊,他们经过那次偶遇后就在一起了,忘记的同学请先回顾第二章第四小节。)

薄荷(白眼):"店名好土,感觉坐在这里什么灵感都没有。"

小井:"为什么不干脆叫'佳飞猫'?"

薄荷:"这个名字好!现在流行主题店,不如先改名,然后再布置一些鱼形状的柜子啊,鱼形状的桌子啊,鱼形状的甜品啊……再养几只又美又胖的猫在店里,生意肯定比现在好……"

小井:"Good idea！老板好有才华！"

(-_- 等等，我们坐在这里好像不是为了讨论这个！)

薄荷:"是哦，一到甜品店就忘了！我们到底要怎么跟良冰解释，蓝玉不是他亲生母亲这件事啊？"
小井:"为什么一定要解释，难道不能直接告诉他，他老妈是假的并且挂了？"
薄荷猛敲了小井头一下:"当然不行！你想想看，要是良冰知道自己不是亲生的，肯定会崩溃，一崩溃就没有人管理'冰火楼'了！到时候'冰火楼'倒闭了怎么办？"
小井:"'冰火楼'倒闭了不是更好？"
薄荷:"都说啦让你多看书啦，那个羊毛和狼的故事听过没有？牧羊人发现，一群羊在草原上懒洋洋的身体也不好，牧羊人就在这个羊群里丢了几只狼，狼追着羊每天跑，每天运动，羊一下子就健康起来了！"
小井(→_→):"老大，那叫'鲶鱼效应'。"
("鲶鱼效应"是指，在运输沙丁鱼的过程中，沙丁鱼常常因为缺氧而大量死亡，有经验的船长常常会在一箱子沙丁鱼中，放上几条以鱼为食的鲶鱼，沙丁鱼为了避开鲶鱼，四处游动，缺氧的问题迎刃而解。)
薄荷:"管它是什么鱼，反正'冰火楼'不能倒。"
(小井内心戏：平时看你们俩斗得要死，怎么突然之间这么在乎对方了？）

　　小井突然灵机一动："干脆，我们重新模仿蓝玉的笔迹写一封假的信吧！"

亲爱的儿子：
　　见信佳，么么哒！
　　很久没见了，不知你现在过得怎么样？
　　妈妈在山上修炼得很好，你不要担心。
　　更不要想着来看望我！如果你太想我了，可以给我写信。
　　不过妈妈所在的小庵最近正在装修，不方便收信。
　　你如果写了，可以放到对面乔木有期餐厅，会有人替你转交。
　　当然，妈妈年纪大了眼睛不太好，看信很累。
　　所以，儿子，你还是别寄了，乔木有期的员工也很辛苦，不要麻烦人家。
　　你要是真的想我，没事可以给我寄一些吃的，比如三文鱼什么的。
　　如果你不太想我也没关系，妈妈也不是太想你。
　　你已经长大了，需要独立和勇敢地生活。
　　加油！干巴爹！

爱你的妈妈 蓝玉

　　小井："信写好了，你看看怎么样？"
　　薄荷："要不要再加一句'乔也是你这辈子的贵人，你要对他好一点,每天都把最新的食物送去给他品尝'……"

（小井内心戏：够了！不要以为你是老板我就不敢打你！）

薄荷（扶额）："漏洞会不会太多了一点,妈妈为什么要在山上修炼？妈妈又不是妖精。另外,装修和收信有什么联系,又不是搬家……"

"乔也,你什么时候回来的,也不说一声。"

正在琢磨怎么改信的薄荷和小井同时哆嗦了一下。

这个熟悉的声音是……

屋漏偏逢连夜雨,哦不,无巧不成书,哦不,他乡遇故人,唉！

总之,花街就这么大,口渴了的良冰,随意走进一家甜品店里,就看见了鬼鬼祟祟的"乔也"和小井。

"你手上拿着的是什么？"

还没等薄荷反应过来,良冰已经顺手拿起桌上那封漏洞百出的信！

薄荷和小井屏住呼吸,他们亲眼看到,良冰看信时脸上表情的变化,从惊喜到诡异,从诡异到不可思议……

"么么哒是什么意思？"

"就是亲亲！"

"那干巴爹咧？"

"日语的加油！"

"我妈……她是不是生病了,怎么说话怪怪的？"

"现在网上都这么说,连搞卫生的李姨都会说么么哒,你也太封闭了么么哒，你这样会跟不上时代的么么哒。"

良冰一脸惊恐地看着薄荷，嘴张了张。

"呃……那个……你们这次去大理怎么样，没遇到什么奇怪的事吧？"

薄荷一本正经地思索了一下："小井又多了十几个女朋友算不算？"

"其他的呢，关于调味料的事有没有进展？"

薄荷摊手："那个神秘的调味料，你妈妈说她从多年前出了一次事故后，就再也没有用过，她也不知道现在还有谁知道这个配方，看来我们只能另想办法了。"

良冰拿着信若有所思。

良冰没追问下去，薄荷和小井都在心里松了口气（^口^；）……终于把话题从信上面转开了……

"你们到底点不点单啊！"穿着男侍装的黄毛，哦不，黄毛现在毛已经不黄了，被染回了乖乖的黑色，但眼神还是那么不屑。

薄荷看到黄毛又想到之前被踹的那十几脚，一脸没好气地说："才坐一下这么急干什么！"

（小井：你明明已经在这里坐了两个钟头了！）

薄荷："好啦，两份双皮奶，那个傻大个付账！"

良冰："喂，你说谁傻大个？"

小井："为什么只有两份双皮奶？我也要！"

良冰："三个提拉米苏，那个栗子色头发的付账！"

小井:"我特么现在染回去还来得及吗!"
薄荷:"年纪最大的那个付!"
良冰:"最胖的那个付!"

三个人争来争去,扭成一团。
黄毛生气地说:"不如我来付好吗!"
没想到三人异口同声:"好!"
黄毛气得把餐单一摔!
"你们今天是来砸场子的吧!你特么上次舔老子脸的事还没跟你算,现在又来找碴是不是!"
眼见着一场大战蓄势待发,黄毛握紧了拳头,薄荷背也已经弓了起来,突然甜品店的另一边传来一声巨响。
一把巨大的锅铲从厨房里飞了出来,"啪"的一声准确无误地拍在黄毛的脑门上!
(薄荷和小井同时心里咯噔一下:好疼!)
"哈尼!你又对我们的客人不礼貌。"
黄毛捂着脑门,委屈地哼唧。
"是他们先惹事的,坐了半天又不点单。"
"咦,这不是乔先生吗!"
薄荷面带微笑地挺了挺胸,表示正是在下。
"哎呀,多亏了乔先生,不是你们俩在餐厅打架,我跟飞飞(黄毛本名阿飞)还不会相认,小黄瓜快去倒杯茶来。"
(薄荷内心 OS:小黄瓜!)

"哎呀,可是小草莓,人家不想去嘛。"

(薄荷内心OS:卧!槽!小!草!莓!)

薄荷看着身高大概一米八体重一百八的胖妞佳佳,再想到小草莓这个爱称,内心狠狠地哆嗦了一下。

"你去不去!"胖妞把肚子一挺。

"去去去去!"黄毛横了薄荷一眼,不情不愿地去了厨房。

佳佳满脸得意地摸着肚皮。

"你们……有了?"

"嘘……还没到三个月不能说……"

"恭喜恭喜!"

"说起来,你还是我们的媒人呢,要不是你跟我们家哈尼打架,我也不会扣个垃圾桶在他头上,我要不是扣了垃圾桶在他头上把那堆飞了天的头发给盖下来,我也认不出他就是我以前的同桌,所以今天你千万别跟我客气,今天甜品我请客!"

听到这句话,薄荷眼中射出了绿色的光!

请客!太好了!

"杨枝甘露先来五份!

"嗯,葡式蛋挞再来一盒!

"香草泡芙、提拉米苏、焦糖布丁、紫薯麻吉、双皮奶大份!

"对了,还要一杯丝袜奶茶,冻的哦!

"差不多就这些吧!"

如果白眼可以杀人的话,薄荷应该已经被插成豪猪。

黄毛的心在滴血，碍于老婆的面子只能气哼哼地去准备食物。

佳佳笑眯眯地摸着肚子指挥着黄毛。

"哈尼，糖在这边哪……"

"哈尼，你的蛋挞时间不够还要再多五分钟哦。"

"哈尼，双皮奶好了没有，客人都等急了哦。"

黄毛的内心恨不得一个微波炉砸死薄荷。

黄毛想要瞪薄荷一眼，一转头看见佳佳正看着他，立刻努力挤出一个比哭还难看的笑。

"您的双皮奶。慢慢享用（别噎死了）！"

薄荷脸上带着贱兮兮的笑："别老死不死的这么难听了，都是要做爹地的人了，《说话之道》看过没有，要不要送你一本。儿子还是女儿，名字取了吗？"

佳佳："嗯，名字已经取好了！为了纪念我们那次的久别重逢，为了感谢那个帮助我们认出彼此的垃圾桶，我们决定不管是男孩还是女孩就叫小垃圾！哈哈哈哈哈是不是很好记？"

薄荷没被双皮奶噎死，差点被自己的口水呛死……

2. 这个点了不知道白娅在做什么呢

薄荷被漫天旋转的"小黄瓜""小草莓""小垃圾"刺激得鸡皮疙瘩掉了一地，甜品没吃完就飞一般地逃离了佳飞甜品屋。

走在铺满夕阳的街道上，摸着被甜品撑圆的肚子，外加上被强行塞了一嘴狗粮，薄荷感觉血液都集中到了胃部，脑袋晕晕的。

小井回了餐厅，良冰说自己还有事提前走了。

薄荷漫无目的地走着。

胃满了，心就显得有些空荡。

这个点了不知道白娅在做什么呢。

路过一家精品屋的时候，薄荷鬼使神差地走了进去。

他莫名其妙地买了一个白色的珍珠发夹。

做完这一切后，薄荷突然反应过来。

What are you 弄啥咧！老子为什么要买这个发夹？

生气归生气，但是发夹已经买了，薄荷只好在心里安慰自己，一定是幻觉，不然我为什么会买这么蠢的东西！

话说这么蠢的夹子好配蠢不拉几的白娅。

不如现在去她家送给她？

嗯，想到就去做！我就是这么雷厉风行的猫！

薄荷一边在心里替自己开脱，一边兴高采烈地掉头往白娅家走。

走到小区边临上楼的时候，薄荷突然看到了一个卖奶茶的 BUS。

想到白娅爱喝奶茶，薄荷又排了半天队买了两杯奶茶。

捧着两杯奶茶和珍珠发夹的薄荷，一想到白娅看到奶茶时惊喜的表情，不由得嘴角微微上扬。

但当薄荷站在白娅家门口，正准备敲门时，突然听到里面有声响。

"你下次再来是什么时候？"

"怎么，想我啊？"

……

好像是……良冰的声音……

薄荷不自觉地把耳朵贴了过去，这家伙不是说有事先回家了吗？

"我好像想起一些事了。"

"我们以前的事吗？"

……

薄荷很想听白娅回答的是什么，却突然听见门里面的脚步声在向门口靠近。

难道被发现了！薄荷突然很害怕他们开门时看到自己，做贼心虚地从消防梯跑走了。

良冰开门的时候，看到地上有两杯奶茶，还有一张字条："今天好运气，老狼请吃鸡，促销活动，免费品尝。"

"白娅，楼下有奶茶店吗？"

"嗯，有个奶茶 BUS。"

"他们今天有免费试喝活动哦，还送到门口来了。"

"太好了，我超想喝奶茶的……咦……不是说活动试喝吗，为什么里面还有小票啊？"

……

3. 乔也的日记不见了！

乔木有期的后花园里，薄荷裹着一条绒毯，躺在吊床上。

从云南回来有一周了。

前天，薄荷想要旁敲侧击地问一下，乔也父母去世前有没有什么特殊的事发生。

乔迟却用一种很奇怪的眼神看着他。

难道是我问得太明显了？

不会被乔迟看出什么破绽吧。

万一要是被乔迟知道……

薄荷又脑补了一下"世界发现首只会说话的猫各地博物馆为其抢破头""科学家经解剖发现公猫突然变成人的三种可能""深度讨论，人猫互换到底是基因的变异还是信仰的缺失"等一系列可怕的新闻标题。

太可怕了！太恐怖了！薄荷又紧了紧身上的绒毯，千万不能被发现！必须快点找到乔也！

再这样下去，万一哪一天穿帮了，肯定会被恐怖的科学怪人抓去做研究。

更惨的是！还有可能会被解剖！

薄荷低头看了一眼乔也的手和脚，又把衣服掀起来看了一眼肚皮。

多么完美的身体。

哦不，好像胖了一点。

唉！管他胖不胖反正要早点把这个身体还给他。

去了一趟大理虽然没有见到蓝玉，但薄荷总觉得还是有一些踪迹可循。

按照蓝玉的说法，这个调味料是一种市面上没有的东西，至少是不常见的。

薄荷知道的总共出现过三次，第一次是蓝玉的男友寇里送给她的离别礼物。

第二次是乔也父母去世时，手里拿着的瓶子，第三次就是薄荷和白娅在香格里拉迷路时那家奇怪的餐厅。

这三次，不管是时间、地点、人物都各不相同，表面上看没有什么交集。

但仔细一想，其中两次都造成了意外。

而这两次恰好都是车祸。

会不会这个调味料会对人体有什么伤害，导致神志不清呢？

传说中越有毒的东西做成食物越发鲜美。

这就是为什么有人冒死吃河豚，也有黑心商家用罂粟壳煮锅底。

可如果说这个调味料会对人的身体造成什么损伤，那为什么薄荷吃了又没事呢？

包括白娅也吃了，并没有什么不一样的反应。

薄荷突然想到，他从香格里拉带回来的调味料好像还有一点！

但薄荷把乔也的房间翻了个底朝天也没有找到那瓶调味料。

知道那瓶调味料的人，只有乔迟、良冰、白娅、小井和荣林，甚至玛丽美都不太清楚，根本没有外人知道，是谁拿走了那瓶调味料呢？

并且因为调味料惹出了不愉快的事，从香格里拉回来后，薄荷就把它藏到了乔也的书柜顶层，除了薄荷根本没有人知道调味料的位置。

薄荷突然有一种不祥的预感。

他环顾整个房间，表面看起来好像没有什么两样。

仔细看却发现，窗台特别干净，好像被什么人精心擦拭过一样。

窗台上有一盆茂盛的绿萝，因为绿萝喜水，平时浇水比较多，常常会遗漏一些水渍在底部。

薄荷走过去，抬起那盆绿萝，原本底部圆形的水渍，缺了一块，很明显，它曾经被人挪动过。

一股凉气从脊背蹿了上来。

有人进过乔也的房间。

自从薄荷变成乔也之后，他就规定餐厅任何人都不许进入乔也的房间，就算是嚷嚷着要帮他收拾房间的玛丽美也被拒之门外，到底是谁进来过呢？

除了那罐调味料，屋里的其他东西都没有丢失，很明显此人是有备而来！

等等，好像……

乔也的日记也不见了！

乔也和乔迟都有写日记的习惯，也是因为看了乔也的日记才让薄荷很多时候都没有穿帮。

但自从薄荷变成乔也之后，乔也的日记就再也没有更新过，如果日记被拿走了，那会不会被人发现自己是冒牌的？

薄荷想到这里，觉得头都要炸了，这几个月来越来越多的弊端开始出现。

他虽然拥有了乔也的身体，却没有办法像乔也一样地思考。

餐厅业绩一路下滑，虽然赢了本味之神的比赛，让乔木有期焕发了一些生机，但各项开支的增加以及冰火楼的竞争，都让乔木有期有着随时倒闭的风险。

因为餐厅的不稳定，除了一根筋的刀爷以外，其他的员工也蠢蠢欲动，随时准备哪天发不出工资就立刻跳槽。

除开乔也的工作外，乔也的私人关系也被薄荷弄得一塌糊涂，在薄荷还是猫的时候，他觉得乔也和乔迟两兄弟虽然平时沟通很少，但能感觉得出，彼此是非常在乎的。

一个是有超强管理能力的哥哥，一个是对味觉有与生俱来天赋的弟弟。

他们从小一起长大，父母去世后相依为命。

虽然乔迟自从父母去世后心理越来越封闭，对人群的抵触越来越强，几乎不愿意跟餐厅以外的人接触，也不愿意与餐厅的其他人沟通，但薄荷知道他仍然是那个把哥哥看得比什么都要重要的乔迟。

但当薄荷变成乔也之后，因为担心这位倔强的天才少年看出什么破绽，他几乎杜绝了跟乔迟的所有沟通，说话能少则少，见面能躲就躲，知道的是兄弟，不知道的还以为是世仇。

乔迟愿意与其说话的人本来就不多，现在又少了乔也，薄荷简直担心他的嘴巴太久没用会有一天变成哑巴。

还有一个让薄荷内疚万分的人就是白娅。

薄荷刚变成乔也的时候，不经意间导致了他们的分手。

如果要开脱，说乔也和白娅的感情本来就不牢固也是说得过去的。

但后来发生了一系列的事，导致现在的"花街两大富二代争抢非主流"的三角关系却是薄荷无论如何也脱不了干系的。

毕竟，香格里拉那晚，他如此清醒，又如此疯狂。

回来后，薄荷常常想起那晚，如果重来一次，他还会不会主动亲下去。

虽然那个吻带来了太多的麻烦和太多的负担。

但如果时间真的能倒流，薄荷的答案还是肯定。

4. 你要走也先把那个储藏间入口的位置给哥算出来啊……

乔木有期的花园内，薄荷撅着屁股在地上看蚂蚁搬家。

黑色的工蚁排成一条弯弯曲曲的长队，举着一只毛毛虫破碎的尸体。

薄荷看得饶有趣味，伸出手去拍这支黑色的队伍。

前面的工蚁被打散了，后面的又赶紧跟上。

玩了一会儿蚂蚁，薄荷才想起来，自己到花园的目的并不是玩蚂蚁蝴蝶，而是寻找之前放食材的那个地下室。

奇怪了，之前就在那里，怎么现在找不到了呢。

乔木有期的花园不大，五分钟就能转完，薄荷却撅着屁股找了几十分钟依然没有找到。

"你在找地下室吗？"

薄荷被吓了一跳，乔迟这个家伙，凭什么走路比猫还要轻。

乔迟歪着头一脸淡然地站在小花园内。

"你这样是找不到的。"

紧接着，乔迟从随身携带的包里拿出一个罗盘。

"这个餐厅的地下是中空的，一共有二十八个房间，对应天上的二十八星宿。

"每个房间随着时间的变化就会自己移动，必须要先通过罗盘算出当下的位置，在半小时内进入，不然时间一过，入口又会有变化。"

薄荷惊呆了！就算这是一家百年历史的餐厅也不用搞得跟《盗墓笔记》一样吧！

"你确定我们现在不是在拍盗墓电影？"

乔迟白了薄荷一眼："这房子本来就是建在一个古墓上面啊。"

卧槽！薄荷内心一万匹草泥马呼啸而过！

"当时我们的曾曾祖父是个大地主，妻妾成群，我们的曾祖父是庶出，又不会说好听的话讨爹地欢心，于是就很不得宠。

"成人后，曾曾祖父从自己田地中分了一大块土地出来给他，表面上看好像还不错，但实际那块土地非常贫瘠，种什么死什么。

"但我们的曾祖父是个有理想的青年，他并没有像其他的兄弟一样用这块地出租收粮，而是花了十年的时间建了一个庭院，做成了一家客栈，这就是乔木有期的雏形，后来民国时期，客栈遭了一场大火，地面上的建筑都被烧光了,露出了地下的墓穴。

"当时大家都一窝蜂地去抢随葬品,根本没有管是哪个朝代,也没有理会这里为什么会有一个墓穴。

"抢完之后才发现,这个墓穴设计得非常精巧,一共有二十八个房间,对应着天空的二十八星宿。

"这二十八个房间会随着时间的变化而移动。

"发现这个秘密后,大家都惊叹建筑者的巧夺天工,却也觉得这块地不祥。

"但当时的祖父是一个留洋回来的新派人物。

"他拒绝了搬离这块地的提议,并力排众议,将地下的墓室改成了一个冬暖夏凉的储物间,并在地上建了一栋中西合并的餐厅。

"时间一久人们也就忘记了地下的墓穴,只有乔家人自己知道这个餐厅的底下有个多么神奇的存在。"

"哎呀,好晦气好晦气,快找个火盆什么的让我跨一跨。"

乔迟一脸黑线地看着薄荷。

"这些你不应该比我更清楚吗,为什么有一种你好像第一天听到的感觉。"

(o_o...)一不小心差点露馅。

薄荷清了清嗓子,换上一张严肃脸,用比乔迟更高冷的目光回望他。

双方都被对方盯得有点发毛。

"你记得我之前有跟你说过我得了那不勒斯综合征导致的地中海贫血和印度尼西亚鸡胸吗?"

乔迟嘴张得仿佛在等一个蛋。

"不……记得了。"

"连这么简单的病都记不住,更不能指望你记住我摔跤摔到失忆的事了。"

薄荷昂着高傲的头,转身离开,只留给目瞪口呆的乔迟一个背影。

薄荷本来以为自己高冷了一把,结果走到五步突然想起来:"哎呀呀呀,迟啊,迟啊,你先别走啊,你要走也先把那个储藏间入口的位置给哥算出来啊……"

5. 原来你是这种吃里扒外的小偷!

周二下午,乔木有期照例休假,小井、玛丽美、荣林、刀爷约着一起出去看魔术表演,花街来了一个外地的马戏团。

薄荷感觉自己被孤立了,居然没有人邀请他一起去看!

明明他也很想去的好吗!

在院子里闲逛的薄荷,突然想起乔迟说的地下入口的事。

以为不告诉我怎么算,我就永远找不到入口了吗!

哼,老子一寸一寸找!

功夫不负有心猫,只找了两个多小时,薄荷就看见了地上那个凸起来的黑色机关,随便用手敲了一下……没什么反应……又敲了一下……也没什么反应……薄荷用脚用力踹了一下,地表突然"轰"的一声裂开一个半米见方的洞。

薄荷骨碌碌滚了下去。

刚一进去，薄荷就撞到一个软绵绵的东西，那个东西还发出了"哎哟"一声。

薄荷摔得扭到了脖子，半天都回不过头来。

那个软绵绵的东西，趁着薄荷没看见，在他的背后"嗖"的一声跑走了。

薄荷气得跳脚，却不敢用力地回头。

痛痛痛痛！好像落枕了。

怎么办，乔也如果知道我把他完美的身体搞得落枕肯定会杀了我的。

薄荷一瘸一拐地歪着头往里面走，想要找到那瓶从香格里拉带回来的调味料，全屋都找遍了，只有储藏间没有找过，搞不好就被那个变态带进来了。

储藏间里黑黑的。

整个小房间只有两盏应急灯，其中一盏还是坏的！

两边的柜子都是实木雕花，墙壁上还有一些残余的唐彩，透露着主人曾经的风光，跟现实的破败形成了鲜明的对比。

说是说二十八间房，但薄荷走来走去感觉只有两三间。

不知道是每间房都一样让他造成错觉，还是有一些房间并不连通。

薄荷歪着头找了一下，储物间里大部分都是食材，并没有什么特别神秘的东西。

薄荷找了两遍也没有看到想要的调味料。
突然，他听到对面房间有一些轻微的响动。
声音很小很小，小到有一种偷偷摸摸怕被人发现的感觉。
薄荷想到了，一定是刚刚从他后面跑掉的那个软绵绵的东西。
薄荷轻手轻脚地摸过去，想探个究竟。
会是什么呢？
老鼠？还是人？

薄荷顺着那些细微的窸窸窣窣的声音，穿过了几个房间，其中有专门放腌制配菜的，有专门放香料的，还有一间专门放各种中药材。
薄荷从一堆牛肝菌中探出头，看到不远处有个黑影。是个人，手上还在翻着什么东西。
薄荷把牛肝菌从袋子里倒出来，举着一个麻布袋冲出去"呼"的一下套在对方头上。
对方力气很大，拼命挣扎，薄荷情急之下，随手抓起旁边的一根两尺长的萝卜敲了上去。
"砰！"对方软软地顺着墙倒了下去。

"哎哟，好重好重，比巴卜快过来帮我拖一下，我抓到一个坏人！"
薄荷骄傲地挺着小胸，成就感爆棚。
比巴卜兴奋得汪汪大叫，咬着麻布袋往前拖。
布袋子承受不了重力，"刺"的一声被拉开了。
一个熟悉的人从里面滚了出来。

荣林！

围观群众都吃了一惊。

里面居然是荣林，薄荷也很惊讶，他本来以为自己制伏了一个彪形大汉，现在看到是荣林，成就感大大降低。

荣林捂着自己被砸肿的脑袋迷迷糊糊地爬起来，看到薄荷大喊："我们储物间里好像进了小偷，我刚刚在那里面拿食材，结果被人袭击，对方不知道用什么东西从背后敲了我一下，浑蛋。"

"只会从背后袭击的小人，呸！要是让我知道是谁敲的我，立马放比巴卜咬死他！"

薄荷惊恐地看了一眼在旁边甩尾巴的傻狗，活生生地把"原来你是这种吃里扒外的小偷"硬改成了"荣亲，你没事真是太好了"。

"不过……"薄荷思考了一下发现一个问题，"你……不是跟小井他们去看魔术表演了吗？"

"说到这个我更来气！那个破马戏团居然搞了什么三人同行一人免费！我们四个人抽签，我抽中了白签，一个人要出全票，我气得没有看就回来了，正好想起今天有一批新的松茸到货，就下去清点一下。"

这完美无缺的解释！这无懈可击的开脱！这真诚的小眼神！

薄荷一时气结，难道真的是我冤枉了荣林？

正犹豫着，小井、玛丽美、刀爷看完马戏兴高采烈地回来了。

比巴卜风一般冲出去迎接，撞得荣林差点再次摔倒。

踉跄间，荣林口袋里掉出了一个册子，薄荷眼疾手快地捡起来，这不是……乔也的日记吗？

怎么会在荣林的口袋里？

荣林的表情也僵在脸上，一时间气氛比便秘还尴尬。

"我在储物间的门口捡到的，想着上来还给你，刚这么一闹差点忘记了。"

又是一个完美的解释！又是一个无懈可击的开脱！又是这么真诚的小眼神！

薄荷心中一万匹草泥马呼啸而过。

深感自己想要抓住荣林这种老狐狸的尾巴简直比登天还难。

"咦，你们在这儿站着做什么？"小井和刀爷挤进头来。

"荣林你脸色怎么那么难看跟吃了大便一样哈哈哈哈！"

"乔总看不出你还写日记啊。"

"可不可以借给我们拜读一下啊？"

薄荷扶额，唉，应该是我想错了，荣林不可能是调料的幕后黑手，一个心狠手辣的人怎么可能容忍这群猪一样的队友这么久，连我这只猫都很想捅死他们……

6. 他始终是借了主人一件外套的流浪猫

阳光明媚的周末，薄荷正躺在二米二的绢丝床上跟天鹅绒被难舍难分。

突然门口玛丽美的声音像炸弹一样传来："乔总大事不好了，有人来餐馆闹事！"

薄荷被地震一样的捶门声吓得一弹老高。

每当这个时候,他真的深深同情乔也,这个破餐厅面积不大,屁事不少,隔三岔五就有一群举着红旗抗议肉食的动物保护协会,还有跑单专业户,和白吃白喝小分队,黄毛改邪归正之后,还有紫毛青毛红毛,他们一起出现的时候,薄荷简直怀疑自己置身鸟语林。

除了头发颜色的升级,他们闹事的方法也花样百出。

有什么吃了你的菜,老婆跟人跑了啊!

吃了你的菜,儿子考试没有一百分啊!

吃了你的菜,出门就下雨还没带伞还踩到狗屎却找不到台阶可以蹭啊……

虽然理由各不相同,但目的都只有一个,就是免单!

薄荷也曾在心底反省,是不是乔木有期的菜太好吃了,才引来了这么一波又一波的妖魔鬼怪。

后来想想可能也是花街太小了,良冰又生得牛高马大,一个顶三个的能打,去掉一个冰火楼,整个花街确实也只有乔木有期一家可以讹诈。

想到这里,薄荷又生出几分欣慰。

薄荷走到餐厅一看,居然看到一个巨大的盒子,餐厅的人都被疏散了,盒子上写着"炸弹"两字,小井、玛丽美等人都挤在墙角一脸惊恐地盯着那个盒子。

仿佛它随时会爆炸一样。

薄荷感觉自己的智商再一次被羞辱了!

什么鬼恐怖事件,一看就是假的!

哪个炸弹的外面会写"炸弹"两个字。

而且小井、玛丽美这两个家伙演技还那么浮夸。

要是真的有危险,这两个贪生怕死的家伙,早就有多远跑多远了,怎么可能现在还在餐厅里。

只有一个原因就是——他们在演戏!

想明白真相后,薄荷反而有点不好意思拆穿他们了,毕竟他是这场戏唯一的观众。

而临时演员们都乐在其中。

就连毫无演技的刀爷也夸张地趴在墙上做出瑟瑟发抖的样子,嘴里还喊着:"我怕我怕……"

摔!到底是哪儿来的自信让这群连颜值都没有的家伙以为自己有演技可言!

正当薄荷看够了他们浮夸的演技,准备上前去拆穿这群人的时候。

突然头顶的灯管因为受不了重负,"砰"的一声炸裂了。

餐馆里瞬间一片漆黑,尖叫声一片。

人群互相推搡,薄荷被挤到中间的纸箱子旁边。

此时纸箱子已经不堪重负,歪歪扭扭地破了一个大口子。

薄荷靠在箱子边上,突然一只黑漆漆的手从纸箱子里伸了出来,搭在薄荷肩上。

薄荷起初以为是小井或者荣林。

过了一会儿,薄荷突然出了一身冷汗,这只手白秀纤细,绝对不是小井或者荣林的手。

昏黄的应急灯忽明忽暗地照在薄荷惨白的脸上。

薄荷觉得脊背一阵发凉，脖子也变得僵硬无比。

回头大不了就看到个女鬼！

有什么好怕的！

薄荷一边在心里安慰着自己，一边逼着自己缓慢地扭过头去。

然后，薄荷看到了比女鬼恐怖十倍的景象！

纸箱子慢慢打开，乔也的头出现在薄荷的面前！

薄荷吓得差点晕过去。

难道又是做梦吗，他狠狠掐了一下自己，不是做梦，这次是真的。

活生生的乔也站在他面前。

薄荷刚准备冲过去拥抱乔也，突然又停住了。

如果对面的是乔也的话，那我是什么？

……

薄荷觉得自己的头要炸掉了，无数个想法和可能涌上心头。

他甚至不敢低头看一眼自己的脚，他害怕低头看到毛茸茸的爪子，他害怕自己已经变了回去。

他要怎么面对餐厅里其他人的目光。

说来也奇怪，之前明明日思夜想怎么才能变回去。

现在突然知道要变回去了又有些害怕。

这个转变是什么时候发生的？

香格里拉？

还是更早的时候?

可不管怎么样,不管是不是会失去白娅,也不管是不是会被抓走做科学研究,至少乔也回来了!

薄荷冲了上去,紧紧拥抱住乔也。

不管你是人是鬼,你永远都是我的主人。

咦,预期中乔也坚硬有力的回抱没有到来,为什么会有软绵绵的触感?

薄荷用手抓了两下,好软,像两颗弹跳的麻薯。

突然"砰"的一声,三四个追光灯同时打在薄荷身上,五颜六色的气球从两旁升起,小井和玛丽美举着四个花球,在用力抖动,刀爷举着一个横幅在后面傻乐。

正当薄荷还没想明白是怎么回事的时候。

刀爷推着蛋糕小车,烛光荧荧地走了出来。

全场人突然开始合唱:"祝你生日快乐,祝你生日快乐……"

追光慢慢变亮,所有的人都带着祝福的微笑并看见了,薄荷熊抱着白娅,一只手还放在她……的胸上……

而白娅站在盒子里,举着一个巨大的包装盒,夸张的反光材料,让这个包装盒变成一个巨大的镜子,乍一看就像乔也抱着另外一个乔也。

实际上仔细一看,就能发现,其中一个乔也的后面是羞得脸通红的娇俏少女。

看到真相的薄荷也吓了一跳,但为时已晚,手都伸出去了,想退货怕是不可能了。

目瞪口呆的吃瓜群众已经见风使舵地从"生日快乐"变成"在一起""在一起"。

薄荷头痛地发现,今天是乔也的生日!他最近忙着查调味料,把这么重要的日子都忘了。

很明显,白娅这个公主心爆棚的少女,策划了一个她自认为堪称完美的盛大生日惊喜,并把自己装在礼物盒里,她期待着乔也打开箱子看到自己的那一瞬间……

在这之前,她已经幻想过无数次这个场景。

乔也看到自己会怎样呢?也许会尖叫?会欢呼?又或者会激动得流泪?

嗯,激动得流泪好像夸张了一点,以乔也这么闷骚的性格,应该表面淡定,内心狂喜吧。

他会喜欢我为他准备的礼物吗?

其实最大的礼物是自己呢。

但无论白娅之前在心中演练过多少次,她也没有想到,乔也这个家伙居然这么OPEN!当着大家的面就……

她还没来得及羞涩,追光灯就亮了起来,让她难过的是,那一瞬间,乔也望向她的眼神,不是满满的爱意,不是满眼的惊喜,而是惊恐!惊恐到他猛地推开了白娅丢下一屋子为他庆贺生日的人,跑掉了!

薄荷一路跑，从乔木有期一口气跑出了七八站的距离。

他承认自己被吓坏了。

他并不讨厌白娅，相反有点喜欢和她在一起的感觉。

他是一只聪明的猫，他看得出白娅眼神中透露出的信息。

不知道从什么时候起纠结在良冰和乔也两段情感中间的白娅已经在慢慢地向他靠拢。

然而越是这样，薄荷越不能答应白娅。

不管他内心是怎么想，他始终是借了主人一件外套的流浪猫。

狸猫换不了太子。

薄荷也不是真的乔也。

第八章
金菊水晶蟹黄包

1. 我知道你的全部秘密

夜色如幕。

比巴卜眯着眼睛趴在椅子边上甩尾巴,薄荷靠在椅子上犯愁。

他回来后一如既往地打开电脑,却没想到收到了两封极其恐怖的电子邮件!

一封是电力局发来的,提醒他有六个月的电费还没有交。

另外一封是一个匿名的邮件,上面只有一句话——我知道你的全部秘密。

薄荷翻来覆去地看着这封邮件,希望能从中看出一点破绽,遗憾的是,这封邮件的发送人选择了匿名。

从薄荷变成乔也开始,虽然他也曾碰到过一些探究的目光,但从来没有谁真正拿出过什么证据,薄荷一直以为这事全天下只有他和乔也知道,他坚信只要找到乔也,把他们的身体换回来一切就能恢复如初。

但如今,这封邮件显然打破了薄荷的梦想。

这件事并不仅仅只有他们俩知道,至少,有一个人已经在暗处洞悉了一切。

这个人是谁呢?

变成乔也之后,薄荷接触最多的只有餐厅的几个人。

小井每天只顾着泡妞,就算他知道了估计也只会有"关老子Ｐ事"这样的想法。

玛丽美这种女汉子,心比石头还要粗,更加不可能观察到什么。

至于刀爷,可能连电子邮件都不会发。

还有白娅,想到白娅,薄荷有点忧伤,自从上次,他在白娅精心设计的生日表白现场落跑后,这小妞就正正经经地生气了。

不管他是买了奶茶去看她,还是派人送了花,一律被拒之门外。

毫无意外地,奶茶和花也都飞向了楼下的垃圾桶。

据楼下保安透露,白娅小姐那天是一路哭着回去的,并且号啕到凌晨三点,上下左右的邻居纷纷投诉。

并且从那天进了家门后,白娅再也没有出来过。

每天都看见各种各样的外卖往里面送,应该是在家里化失恋为食欲,想要大吃大喝来忘记乔也。

薄荷一面担心等她从那扇门后走出来的时候,已经从Ｓ号白娅变成 L 号白娅，一面想着也许让她冷静几天是最好的办法，毕竟在谎言面前得到的越多，知道真相的时候伤害也会越大。

就算答应在一起又怎么样呢？

白娅早晚有一天会知道，他并不是真正的乔也。

与其等到不可收拾，不如早一点斩断。

除开白娅、小井、玛丽美和刀爷。

薄荷接触比较多的人里，还剩下：良冰、乔迟和荣林。

良冰那个浑蛋，最近都有点心不在焉的，很久没来找碴，也不知道他在忙什么。

乔迟则大部分的时间都在地下室研究食谱，几乎到了足不出户的地步。

在花街论厨艺，良冰的厨师等级最高，刀爷的实战经验是第一，而乔迟……薄荷只能用深不可测来形容。

如果不是他性格的问题，应该是个很好的继承人吧。

薄荷想来想去，觉得良冰和乔迟都不太像会搞阴谋的人。

良冰太直什么都写脸上，乔迟应该是不屑。

这样一算，嫌疑人就只剩下荣林一个了。

身为乔木有期的总事，荣林待人彬彬有礼，餐厅也管理得井井有条，不管是客人还是餐厅的员工都对他评价很高，可谓是滴水不漏。

可薄荷总觉得他身上有一种拒人千里的味道。

这种拒人千里又跟乔迟不同，乔迟的拒绝是一种将自己封闭起来的自我保护。

荣林则是一种隐藏着什么的警惕。

并且除了乔木有期的员工外,荣林似乎没有其他的交际圈,从来没有人见过他有什么朋友,休息日也常常消失不见。

薄荷想到在储物室里遇见荣林的那次,那次他看起来像是去找什么东西,储物室里有什么呢?

"乔总——"

薄荷一回头,看见荣林就站在自己身后,冷冷的眼神像箭一样射得薄荷脊背发凉。

薄荷往后退了一步。

"你要干什么?"

"干什么?"荣林皱了皱眉,"我不要干什么,餐厅来了一个人应聘服务生,想要请你去看看。"

吓死老子了!还以为被发现了要灭口。

薄荷惊魂未定地走到大厅,就看到了一个让他更加惊恐的人!

白娅坐在桌子后面。

"你来做什么?"

"应聘啊!"

"别胡闹了。"

"我身体健康有手有脚身高一米六五,三围九十、六十、九十,完全符合你们所有的招聘需求,我为什么不能来应聘!"

薄荷仿佛听见了自己身后刀爷、小井咽口水的声音。

他回头射了几个目箭,对着白娅又换上求饶脸:"服务生很辛苦的,要擦桌子、拖地、洗碗,(压低声音)而且工资很低。"

(小井&玛丽美:我们容易吗!)

果然这招对白娅有用。

美少女噘着嘴巴想了一下,就拍着桌子说:"那我不要当服务生,我要做那种美美又不辛苦的工作!"

薄荷翻了个大白眼:白日梦做不做?

荣林突然想起了什么:"白小姐,餐厅还缺一个前台,很适合你。"

薄荷恨不得立刻掐死荣林!

荣林:"不过,实习期是没有工资的哦!"

白娅:"I Don't care."

荣林:"成交!"

(薄荷:喂!我才是老板!)

(荣林:免费工啊!不要是大傻!)

(薄荷:我宁愿当大傻!喂!把这个妞给我弄出去啊喂!)

2. 多动症美少女白娅成了餐厅前台?

白娅进了乔木有期后,那条谁也不许进乔也房间的规矩就算是废了。

多动症美少女一天要找八百个理由冲进去找乔也,谁也拦不住。

"乔总,下个月富丽章要在我们餐厅订位举办公司周年庆。"

"嗯。"

"乔总，我觉得餐厅前台那儿需要多设几个沙发位，方便等位的客人。"

"嗯。"

"乔总，洗菜的池子堵了！"（喂，这不应该是厨房的工作吗？）

"通！"

"有客人反应今天的希鲮鱼不新鲜！"（这不应该是玛丽美来汇报吗？）

"换！"

"供电局又打电话问我们到底什么时候缴费？"（你到底有完没完！）

"直接挂掉啊！"

"挂了！"

"出去！"

"不出！"

"你……"薄荷觉得别说人，就算他变成火箭也对眼前这个毫无章法的少女一点办法都没有。

所有的规章制度对她来说都像一堆废纸，你刚立一百条不准违反，她马上就能折腾出一万个新花样气得你七窍生烟。

比如现在，白娅就霸道地挡在薄荷门口，强迫他陪自己去选购新的前台制服。

"小姐，你知不知道我们餐厅的经费很紧张。"

"我可以自费。"

"但我也不允许员工在上班时间无缘无故离岗啊。"

"这怎么能说是无缘无故呢,你看下你们的制服,灰色白色黑色!穿上去整个人都沉闷了,难怪生意会差。前台是整个餐厅的门面担当,制服至关重要。我不管,我要好看的制服!"

薄荷看着白娅能挂油壶的嘴又好气又好笑,但也只能依了她。

逛街的时候,薄荷看着白娅在前面蹦蹦跳跳地跑来跑去,想要拉住她让她老实点,结果一不小心用力过猛,"刺"的一声把衣服拉破了。

薄荷暗想大事不好!

白娅泡泡袖的雪纺长裙,被薄荷拽出了一个大口子,一边肩膀都垂了下来,泡泡袖变成趴趴袖,白娅瞬间从女神变成女神经。

薄荷想笑又不敢笑,白娅抱着肩膀,往后缩了几步,噘着嘴,用一种你流氓你非礼你不要脸的眼神瞪他。

薄荷偷瞄了两眼,破了的肩膀处裸露出一片雪白的肌肤。

此时正在一片林荫道上,离最近的商铺还有几百米,薄荷只好用手帮白娅扶住那一片破了的布料。

薄荷的手搭在白娅的肩上,偷偷悬着,不敢全力搭上去,手心有一点潮湿,手悬酸了,无意间碰到白娅的皮肤,凉凉的。

一根细细的带子更像一根带火琴弦烧着薄荷的手心。

薄荷心正跳着,一回头看见白娅发现他在偷看又多瞪了他几眼。

转角处的佳飞甜品屋里,黄毛正摸着老婆的肚子唱"门前大桥下游过一群鸭,快来快来数一数二四六七八"的山寨儿歌,因为普通话不标准,听起来就像"快来快来煮一煮二四六七八"……

前桌的女生撩起长发将一口草莓慕斯喂向少年口中,手一抖奶油蹭到了少年的鼻尖,两人相视大笑。

良冰觉得自己快要被齁死了,全世界都是讨厌的秀恩爱!

落地窗前,穿着雪纺长裙的白娅和牛仔裤蓝T恤的乔也打打闹闹地走了过去,丝毫没有注意到身后的玻璃窗里那一抹幽怨的眼神。

良冰留意到,乔也的手,搭在白娅的肩上,两人你推我一下,我瞪你一眼嬉嬉闹闹旁若无人,看起来如此般配,口里的黑森林慕斯吃出了几分苦涩的味道。

3. 忧伤的卡布奇诺,好久不见

薄荷满头大汗地提着七八个购物袋,前面走着的是穿了新衣服兴高采烈的白娅,薄荷一面暗暗佩服白娅的脚力,一面发誓以后打死也不陪女生逛街了。

一天逛下来比抓十只老鼠还累!

刚走到门口,薄荷就看见一个黑衣服的短头发女生端着餐盘经过。

荣林照例穿着黑色的燕尾西装站在大厅。

薄荷常常很佩服荣林这种专业的精神,无论夏天还是冬天永远都是白衬衣黑西装,端着盘子的时候永远有一只手背在身后,没有端盘子的时候永远双手交叉。

他的人生就像他那抹职业化的微笑,没有多余的温度,永远保持着礼貌的距离。

"乔总,你回来了。"

"刚才那个人是谁啊,感觉没有见过。"
"新来的侍应生。"

晚饭过后,薄荷躺在床上望天花板。

最近发生的事有点多,让他本来就不强大的脑子有点不够用。

自从白娅当了餐厅的前台之后,乔木有期的生意比之前好了很多,很多富家子弟都每天准点过来看这位美少女的时装秀,哦不,是报排号。

眼见着荣林噼里啪啦算出来的账面上有了起色,白娅也开心得不行,每天都仰着小脸以功臣自居。

餐厅里每个人的心情都不错,只有薄荷越来越心事重重。

在薄荷还是只小猫的时候,曾经有一个朋友,另一只没有名字的白猫。

它们曾一起晒太阳,一起觅食,一起挨饿,一起在风雪飘零的夜晚相拥取暖。

那个时候它们的食物少得可怜,总是食不果腹。

只有一次,它们一起遇到了一个穿着校服黑长头发的漂亮少女。

少女轻轻地抚摸着它们,为它们倒了一碗香喷喷的牛奶。

薄荷冲上去狂舔。

它已经饿了好几天,差点就要以为自己见不到明天的太阳。

而让它意外的是,它唯一的朋友,那只没有名字的白猫却远远地走开了。

这几乎是它吃过最好吃的食物了。

它不明白白猫为什么要拒绝。

它问白猫：你为什么不吃呢，你不想尝尝牛奶的味道吗？

然后白猫说了一句让它一辈子都难以忘怀的话：如果不能永远拥有，那最好不要开始。

如若你没有尝过牛奶的滋味，你就不会想念牛奶的滋味。

没有本身并不痛苦，想了又得不到，才是世界上最痛苦的事。

如果没有曾拥有过，也就无所谓失去，没有失去，你才不会懂得求而不得的难过。

薄荷是个没心没肺的家伙，他生而为猫的时候，舔了不该拥有的牛奶。

而为人的时候，又惹了不该招惹的白娅。

他躺在床上思考，或许命中注定他要明白求而不得的难过。

薄荷觉得自己就像童话故事里的辛德瑞拉，坐上南瓜马车奔赴一场盛宴，没有谁知道，那个揭穿一切的可怕的十二点钟声何时才会到来。

在这之前，他都只能戴着面具，提心吊胆地快乐着。

床前一个黑影飘过。

"谁？"

"好久不见。"

薄荷惊得弹起来，不知道什么时候，一个黑衣服的短发少女站在他床头。

他仔细看了下,是白天那个端着盘子的侍应生。

"现在已经打烊了,不应该早就下班了吗?为什么你会在我的房间里?"

少女并不正面回答薄荷的问题,只是似笑非笑地盯着他,看得薄荷一身鸡皮疙瘩都起来了。

薄荷上上下下打量了一番。

少女穿着一身黑色麻质衬衣,肩膀处有一个小小的金色图腾。

利落的短发下,眼睛细长而明亮,下巴尖尖的透着几分伶俐。

"真的不认识啊?"

"你到底是谁啊?"

少女仰起脸弯了弯嘴角:"忧伤的卡布奇诺,好久不见。"

薄荷:"什么鬼!你到底是谁!"

"你忘了有心事论坛了吗?"

仿佛一道惊雷闪过。

一种直觉告诉薄荷,这个黑衣少女就是那个在论坛上教他做甜品,害得白娅失踪和失忆的"夕鬼"!

"你是夕鬼!"

"记性真差,差点以为你认不出来了。"

"你怎么会来我们餐厅?"

"打工咯。"

"你为什么会知道我卧室的地址?"

"随便一问就知道了。"

"你来找我做什么？"

"见网友，不行吗？"

薄荷扶额，他是猫的时候，最害怕的动物是蛇。

当他变成人的时候，他觉得有一种生物比蛇还可怕，那就是"作"不拉几的少女！

她们永远都学不会正面回答你的问题，还分分钟就跟你翻脸。

这不薄荷只是委婉地表示了一下："第一，我不喜欢别人进我的房间，这事全餐厅都知道的，你是新来的这次我就不跟你计较了，下次一定要遵守；第二，就算你要进来可以先敲门吗！鬼鬼祟祟会吓死人的好吗！眼睛这么黑是戴了美瞳吗？小小年纪不要搞得神神秘秘有什么就直接说不好吗，我不管是不是什么哥特风，反正餐厅有白娅一个非主流就够受了，希望你可以打扮正常点……"

薄荷话还没有说完，门就"砰"的一声关在了他脸上，夕鬼留下一句"啰唆死了，见面不如闻名"就头也不回地走了。

薄荷气结，啰唆个 P 啊！年轻人有点耐心好不好，两条都没听完，我还有五六七八憋在喉咙里呢……

4. 三个女人一台戏

餐厅里，三个女人扭打在一起。

一团黑、一团花，还有一团看不出颜色……

罪魁祸首趴在地下一动也不敢动，看见薄荷来了，冲上去讨好地呜咽了两声。

都说三个女人一台戏，薄荷觉得如果真的要叫一台戏的话，那绝对是一场打戏。

自从夕鬼来了，乔木有期就没有安宁过，这已经是两天以来的第三次大战了。

第一次是因为玛丽美熟悉的客人给了夕鬼一大笔小费。玛丽美怒撕！夕鬼反击！夕鬼赢。

第二次是因为夕鬼羞辱白娅绣花枕头不穿统一的制服。白娅震怒！两败俱伤。

"那这次又是为什么呢？"薄荷伤脑筋地问。

荣林指了下地上的比巴卜："因为它咯。"

比巴卜委屈地呜咽了一声。

快到深秋，比巴卜正值热烈的换毛期，每天都一把一把地掉，一时间餐厅白毛满天飞，客人投诉不断。

原本这些毛都是小井的任务，结果这两天小井休假不在餐厅。

玛丽美表示她只扫地倒垃圾扫厕所，至于扫毛不是她的任务。

如果要让她扫可以，加钱！

荣林这个抠鬼当然不愿意为了这点毛加工资，于是就把这个任务派给了新来的夕鬼。夕鬼简单明了地直接背了一台强力风扇来，开足马力，呼啦一下满地的白毛全部被吹得飞向门口，站在门口的白娅正在前台梳着她新买的两千块的假发，突然一阵飓风飞来，席卷着一大堆白毛糊了她满身满脸,刚想开骂,一张嘴就被塞了满口毛,还没来得及把嘴里的毛吐掉,又一阵飓风,整整两千块钱的假发啊!就这么飞了出去,正好砸在赶来的荣林脸上。

白娅长这么大,头一次被风吹哭了。

风一停,满身都是毛的白娅就扑上去找夕鬼拼命。

夕鬼也不甘示弱表示自己只是替玛丽美收拾残局,最后餐厅三美全部加入战斗,扯头发加抓脸加掐屁股,滚成一团。

期间,老好人刀爷想要去劝架,被抓成花猫踹了出来。

荣林大喊了十几声,再打扣工资,然而并没有什么用。

风暴中心的比巴卜全程都躲在桌子底下瑟瑟发抖,直到薄荷出来它才"呼"的一下冲出来。

全餐厅都注视着薄荷,想要看看老板这时的威信,然而老板并没有什么威信。

但没有威信的老板还有脑子,薄荷叹了一口气从包里掏出一个相机,打开闪光灯,开始"咔嚓咔嚓"拍照。

说时迟那时快,本来拉都拉不开的三人,瞬间站了起来。

玛丽美迅速抬头挺胸缩小腹,摆出 S 形。

夕鬼边翻白眼边掏出小镜子开始补粉。

白娅的速度更快,就在一瞬间,她已经整理好了裙子上的几百个褶子,并重新戴上了假发甚至还扑了点腮红。

荣林目瞪口呆地看着刚刚还像仇人一样的三人,此刻在镜头前,一会比心,一会亲亲,比亲姐们还要亲。

荣林（ ̄口 ̄）：女人心海底针！

小井/(★w★)\：早就告诉你们了，这是一门学问。

薄荷(T＿＿T)：老子的杯子……

刀爷(~＿＿~)：我的脸……

比巴卜(~>__<~)：呜呜呜呜（吓死个汪了）……

乔迟(̄- ̄;)：好吵！

5.我在生气啊傻瓜！看不出来吗！

一个月前，白娅最讨厌的还是街口做煎饼果子的秃头（太好吃了害她不停长胖），一个月后白娅讨厌榜单第一名被直接空降的夕鬼所替换。

并且夕鬼还蝉联了日周月三个超级大榜，年度也指日可待，只差一步就可以冲击白娅最讨厌终身成就奖。

这一步的关键就在于薄荷！

虽然白娅一穿新鞋夕鬼就洗地，一迟到她就汇报，感觉处处跟白娅过不去。

但这些毕竟都没有伤及根本，生生闷气也就算了。

真正让白娅不能忍的是，夕鬼和乔也之间好像有着什么不能说的秘密。

夕鬼作为一个侍应生连底薪都没有，却在来上班的第一天就可以随意进出乔也的卧室。

乔也嘴里说着不认识夕鬼,每次看向她的眼神却充满了复杂的情绪!

白娅断定,这其中肯定有鬼!

哼,说不定是什么初恋前任之类的!

是可忍孰不可忍!

11月的最后一天,白娅终于爆发了!

燃点来自于一块比巴掌还要小的海绵蛋糕。

当天是小井生日。

(小井傲娇脸:对!我就是帅气与美貌并存的大射手。)

(玛丽美嫌弃脸:明明是花心与劈腿并存。)

餐厅众人纷纷送上有爱的祝福。

刀爷送的是一把漂亮的瑞士军刀。

(小井:^_^谢谢刀爷。)

玛丽美送了一件时尚发光夹克。

(小井:^_^好炫酷,谢谢阿美!)

白娅送了一瓶一次性染发剂。

(小井:^_^谢谢靓女!)

荣林送了五张迟到免死金牌。

(小井:￣▽￣;谢谢抠鬼,哦不,谢谢总事。)

薄荷送了一本《论一个好员工的修养》。

(小井:T_T谢……谢……老板……)

夕鬼送了一盆猪笼草。

（小井：9_6喂……你确定它只吃蚊子不吃人吧？）

最最难得的是，连几乎不参加任何聚会活动的乔迟，也送上了一个亲手做的草莓海绵蛋糕。

餐厅一片欢乐的气氛，大家对乔迟天才般的厨艺早有耳闻，却都是第一次见他亲手做东西给大家吃。无不跃跃欲试！

好不容易等小井许完了要跟几十个女朋友天长地久的生日愿望，众人都翘首以盼切蛋糕。

薄荷亲自操刀，将蛋糕分成均匀的八份。

期间白娅一直偷偷看乔也，天气转凉了，穿着连帽衫的少年低着头长长的睫毛铺下一片小小的阴影，喔喔喔本小姐喜欢的人就是这么帅（发射无数个星星眼）！

白娅用目光把乔也从上到下都舔了一遍，就连握着长锯齿刀的手指都没放过。

薄荷被这热烈的目光照射得脸滚烫，恨不得躲到桌子底下，一下、两下，三下五除二就把蛋糕切好了。

小井屁颠颠地端着餐盘给大家送蛋糕。

薄荷亲自拿了一块递给白娅。

白娅仰着脸还没来得及把花痴的口水收回去，突然发现，自己这块蛋糕比夕鬼那块小！

不但小还光秃秃的！

远远望去，夕鬼那块蛋糕又大又靓，还拥有着整块蛋糕上唯一一颗装饰草莓。

哼，凭什么！

不知道尊老爱幼吗！没有先来后到吗！明明知道我最爱的就是草莓，居然把唯一的一颗给了别人！

白娅嘴巴翘到了天上。

心里不爽到了极点。

所有人都在惊叹乔迟的厨艺，每一口都绵软细腻，海绵蛋糕最怕的就是干干的，乔迟做的这个一口下去温柔潮湿，每一口都带着清新的材料本身的原始香气，每一个气孔都均匀而有弹性，仿佛蛋糕自己会呼吸。如此简单的蛋糕却被他做出了如此惊人的美味，众人都表示如果乔迟愿意出任西餐主厨，乔木有期肯定会打败冰火楼成为花街第一的餐厅。

薄荷吃了一阵子，发现白娅没动，奇怪地问："你怎么不吃？"

白娅心里明明想的是：我在生气啊傻瓜！看不出来吗！但也只能嘴硬："减肥！"

薄荷打量了一下白娅，还在胸部多停留了两眼。

"你不胖啊。"

白娅气结：老娘当然不胖！老娘的身材是最棒的！说出口的却变成了："我不饿。"

薄荷也没在意随口说："哦，你不吃那你给夕鬼吧，年轻人在长身体要多吃点。"

如果说之前分蛋糕的时候，薄荷只能算是粗心，这一次就变成了赤裸裸的捅刀!

白娅当场被激得下不了台,咬着嘴唇,不接话。

薄荷却还没发现,傻傻地捅了捅她:"喂,把你的碟子递过来啊。"

眼睁睁地看着期待已久的蛋糕被端走,白娅抬头正好对上夕鬼的目光,不知道是不是错觉,白娅感觉夕鬼的嘴角微微有些上扬。

聚会的后半程,任由音乐在耳边狂轰滥炸,白娅却恍恍惚惚高兴不起来。

怕被大家看出端倪,这个平时的多动症少女,全程都呆坐在座位上,死命低着头,眼泪一滴一滴砸在腿上……

6. 你到底喜不喜欢白娅?

第一个发现白娅失踪的人是荣林。

作为餐厅的前台,虽然不算忙,但绝不能迟到。

但眼见着过了中午十二点,前台等着咨询定位的人已经排成了长龙,白娅还没来。

打电话也关机。

随便迟到早退,无故旷工,这绝对要扣工资,双倍!

荣林一边保持着嘴角上扬十五度的标志性微笑充当临时前台,一面气呼呼地在心里呐喊。

但当时针从中午十二点走到晚上十二点的时候,荣林慌了,内心的呐喊已经从扣钱变成报警。

薄荷也慌了，白娅在这座城市并没有什么亲人，除了餐厅的人之外她也没什么朋友。

薄荷硬着头皮打了个电话给良冰，果然不但没任何线索，还被富二代血喷了一顿。

良冰五分钟后就开着他的玛莎拉蒂冲到了餐厅门口。

两人一起出去从花街的东头一直找到西头，几乎每一家商店都进去询问，每一家旅店都认真查看登记，后面从街角的监控录像上看，白娅背着一个双肩包，从乔木有期出发，途中经过了一些商店，最后消失在一个转角。

转角之后的录像反复查看，都没有白娅的身影，她就这么凭空消失了。

良冰和薄荷一直忙到凌晨五点，再也没有找到新的线索。

两个人都累瘫在地上，互相埋怨。

"早知道你是这样的人，就不把白娅还给你了。"

"她明明是你女朋友好不好！"

"你少扮猪吃老虎，白娅的心早就不在我这里了。"

薄荷叹了口气，在白娅这件事上，他有几百个心虚的理由，但还是嘴硬。

"我没答应跟她在一起。"

"你到底喜不喜欢白娅？"

薄荷想说喜欢，但又觉得良冰问的是乔也，而他并不是真的乔也，他只是乔也收养的一只流浪猫。

他没有资格替乔也回答这个问题,他也没有资格用乔也的身份去接受白娅,只能假装干脆地回答:"不喜欢。"

良冰握了握拳头:"浑蛋,如果不是我现在累瘫了,一定揍得你满地找牙。"

薄荷不爽地翻了个白眼:"一个把爱情当成筹码的人有什么脸说我。

"你扪心自问,你是真的喜欢白娅,还是因为我才追白娅,从小到大我喜欢什么你就跟我抢什么,抢不赢就不择手段,你趁着我和白娅吵架,乘虚而入,用物质砌了一个城堡,把她关在里面,她跟你在一起的几个月,你给她买了二十几个名牌包,却没有陪她看过一次电影,你有问过她真的快乐吗?

"如果你真的喜欢她,我希望这次找到她后,你能把她从我手里再抢过去。"

……

星星在夜空中眨着眼睛,两个大男孩靠在一起,从剑拔弩张变得沉默寡言。良冰因为薄荷的一番话而陷入了思考,他突然觉得眼前的这个乔也有点陌生。

曾经的乔也是个比他更争强好胜的人,两人从小到大,从成绩到打球哪一次不是不争个你死我活誓不罢休。良冰到现在还记得,有一年球队联赛,他跟乔也为了争一个篮板,撞到一起,乔也的头撞到篮架的钢筋上血流了一地,而他也被撞得骨折打了三个月的绷带。

从小到大,长得帅、家境好、门门都优的乔也一直是少女追逐的对象,但他却从父母身故后性情发生颠覆性的改变,从一个全优的阳光男孩,变成一个只要能保存餐厅不惜牺牲一切的霸道总裁。

良冰离开的这几年,他几乎不再打球,为了让这家百年餐厅能在父母突然离世后,继续经营,他牺牲了所有的业余时间和业余爱好,边读书边管理。

渐渐地看见乔也笑的人越来越少,相反餐厅里被他训斥的人越来越多。

人人都开始害怕这个"魔王",害怕他随时随地爆发。

白娅是这些年来乔也唯一承认的一个女友,不知道是不是因为白娅的原因,餐厅的人都觉得乔也最近变得没有那么可怕,相反时不时……还有点搞笑。

虽然两人之前经历了一系列的分手、吵架,但乔也对白娅的关心是个傻子都能看出来,是什么让他主动放弃,甚至想要将白娅推给自己呢?

良冰百思不得其解。

恍惚间,良冰甚至有一种错觉,这个乔也并不是他所认识的乔也,而是另有其人……

如果薄荷知道自己一番肺腑之言,最后换来的是良冰对他身份的怀疑,他肯定咬断舌头也不说那些话了。

漫天繁星下,薄荷和良冰心里都有着各自的疑问。

薄荷望着漂亮的银河和一眨一眨的星空想,不知道现在白娅和乔也在做什么,他们是否也在看着同一片星空?

多么希望，醒来就能见到他们……

7. 这条街上总是有人失踪！

外面艳阳高照，乔也的卧室里却一片死气沉沉。

双层天鹅绒雕花窗帘遮光效果一流，层层叠叠拦住了整面阳光，连一丝缝都不剩，整个房间就像夜晚一样漆黑。

薄荷侧着身子卷在床上，抱着头发呆。

今天本来有一场生日宴，花街最有威望的企业家，恩候先生八十岁的寿宴。

乔木有期按照恩家管家的交代，全餐厅都布置了喜庆的中式红，二十盆新到的垂笑君子兰静静地摆在大堂两旁等待着嘉宾的到来。

但等来等去却等到了取消宴会的通知。

谁也不知道是什么原因，让恩家人连定金也不要执意取消这场两个月前就定好的寿宴。

天下没有什么走漏不了的八卦，没过多久，花街八卦前线的第一人李姨就得到了最新消息。

据说是恩候的孙女丸子失踪了。

恩候的孙女丸子今年刚满五岁，是恩候家族里最小也是最受宠的一位。

失踪当天,她吵着要吃彩虹棉花糖,但当天下雨街口卖棉花糖的小贩没来,保姆只能抱着她往公园走,希望可以去公园碰碰运气。

走到一半的时候,本来晴了的天又开始下雨,保姆怕丸子淋湿,临时在一家甜品商店停留了一会儿躲雨。

半个小时后,雨停了,保姆却发现原本在餐厅内安静玩耍的丸子不见了!

因为担心责备,保姆连夜跑了,等到恩家人发现已经过了八个小时,没有人知道丸子去哪儿了。恩候因为着急孙女,急得突发心脏病,寿宴自然而然地取消了。

"原来是这样。"荣林若有所思地想,恩家那么有钱,搞不好这根本就不是什么失踪而是一场绑票案。

"但绑票案总要有一些目的吧,丸子失踪到现在已经超过二十四小时了,恩家连一个电话都没收到,更别提什么赎金了。"

"哎呀,这你们就不知道了,说你们年轻没有见识吧。"八卦传递机李姨神采奕奕,好久没有这么大一个八卦让她在茶余饭后拿来消遣了,"恩家是什么人啊,大企业家啊,大企业家最不缺什么,不缺钱啊!要是真的被绑票肯定二话不说就交赎金了,丸子是谁啊,丸子可是恩候的心尖尖,全恩家最宠的人。"

"跟你们说哦,"本来高亢的李姨突然把声音压得很低,"听说过,鬼推磨没有?"

相传花街这里,曾经有个学堂,学堂里有个老先生,考了五十年的科举,都没有中,一辈子都是个穷秀才,到老的时候学堂开不下去,家里人生病没有钱，他去给别人打工。主家是个武将，朝堂上受了文官的气，最受不了这种文人的穷酸，故意卸了驴让他推磨，本来就是个手无缚鸡之力的白面书生，加上年纪七十了，根本推不动磨，一用力把腰给推断了，又没有钱看医，活活疼了两天给疼死了。

后来，这片地就邪得很。

传说，是那个秀才到了地府还在推磨，阎王说冥地的磨不能断，要让他推满九百九十九年。

变了鬼的秀才，日夜受着推磨的折磨，就想要找个人下去陪他推磨。只要找到了合适的人帮他推磨，他才可以自由。

"所以啊，"李姨凑近，暗色的房间里，一盏氛围灯从她的头顶打下来，显得格外诡异，"这条街上总是有人失踪！就是秀才在找人替他推磨呢。"

"呵呵！"听了半天的荣林硬挤了一个干笑出来。这什么小道消息，一个烂透了的鬼故事而已，想要他这种斯坦福大学金融系毕业的人相信这种鬼话，下辈子吧。

虽然大家都不相信什么鬼推磨的传说，但花街却是实实在在有不少人消失。

一时间人心惶惶。

8. 百年以来最大的信誉危机

虽然白娅一直没有消息，但餐厅的生意还得继续。

大清早，薄荷就坐在一堆指天椒、朝天椒、象牙椒、灯笼椒中间，不停地打喷嚏。

刀爷正在眼疾手快地处理食材。

最近天气转凉，刀爷研发了一个"海椒天涯"系列，用数十种辣椒和鸡枞菌熬成一碗白汤，再放上十几味中药煨四个小时，去掉底部的残渣，只留清汤。

看似清清淡淡，不管什么菜只要在汤里汆烫几十秒，立刻变得鲜辣不已，一口下去就能激出泪花。

卖相和实际口感的强烈反差，意外受到强烈的欢迎，最近一段时间，乔木有期订单全满。

荣林拿着账本喜笑颜开。

对于这种找虐的菜，薄荷是嗤之以鼻的。

毕竟他是一个彻头彻尾的甜食主义者。

在他心中，咸辣什么的都是俗人喜欢的味道，作为一只高贵的喵，只有甜甜软软的东西才配得上他挑剔的味蕾。

当然这些只是薄荷自己的想法，他也不说，因为说了也没用，荣林这个铁面无私的判官，从来都只看财务报表不讲人情。

乔木有期因为"海椒天涯"系列，生意大有长进，荣林表示要乘胜追击，推出"海椒天涯"春夏秋冬四个套餐。

分别以四个季节最出名的食材作为汆烫的主食。

问题就出在"秋"的水晶汤包里。

这个套餐推出的第二天，许久不见的黄毛就出现在了乔木有期的餐厅里。

荣林笑眯眯地迎了上去，结果被黄毛一手推得险些摔倒。

用黄毛的话说，推你还是客气的，要不是老子最近信耶稣，就一把火烧了你们店！

"昨天是老子和佳佳相识周年纪念日，特意选了你们餐厅，结果吃完回家之后没过半个小时，我跟我老婆同时感觉到恶心和呕吐。

"当时我老婆正在喂'小垃圾'，一下没注意喷了我女儿一脸。我拉得马桶都堵了！哼，你说这笔账怎么算！"

荣林上上下下打量了一番黄毛，这家伙自从跟佳佳在一起后就改邪归正了，再也没有坑蒙拐骗过，看他两眼黑得跟熊猫一样，应该是真的身体不舒服。

如果他说的是真的话……

那惨了！

一天之内，有三十个客人投诉，因为在乔木有期食用了"海椒天涯"的秋季套餐，而出现了腹痛呕吐的现象。

整个餐厅被前来讨要说法的家属围了个水泄不通，餐盘被砸了一地，玛丽美为了防止一个暴怒的客人冲向金鱼缸，死死抱住他的大腿，被以骚扰警告。

荣林和小井都被砸了一身臭鸡蛋。

洁癖鬼荣林头一次露出了哭丧的脸。

作为主厨刀爷更是被大伙堵在了厨房门口，各种难听的话外加拳脚雨点一样向他砸来。

这个一米九的汉子，缩在墙角，任由数不清的拳脚砸在身上，低头抱着膝盖不发一言。

没有人敢去阻拦这些愤怒的家属，此时谁去劝说都会被当成同伙。

乔木有期遇见了百年以来最大的信誉危机！

眼见着刀爷已经从东北大汉快要被砸成东北大饼，关键时刻薄荷冲了出去。

之前一直还保留了一点体力的人群，看见老板出现，全都毫无保留地冲了过去。

各种各样胖的瘦的白的黑的拳头夹杂着青菜萝卜和鸡蛋向薄荷砸来。

薄荷一边抱头猫蹿，一边感叹幸好乔也身体不错，应该还经得住几下打。

关键时刻，花街的治安警察赶到了，解散了人群。乔也作为法人代表，被带去局里接受调查。

随后赶来的工商局查封了乔木有期，一瞬间，这间辉煌了百年的老店陷入一片黑暗。

9. 看来，狐狸的尾巴，快要露出来了

经过一系列的取证调查，"海椒天涯"系列的秋季套餐中，主打

的金菊水晶蟹黄包里的金菊花粉被替换成了柿子粉!

"傻子都知道,柿子跟螃蟹是水火不容的食材。"荣林气愤地说,"明显是故意陷害!"

"要让我知道是谁做的,我非要……"小井本来想说暴打一顿,低头看了看自己毫无肌肉的胳膊,临时改成,"去他家墙上涂粪!"

众人都被这宏图远志惊悚到了,洁癖荣更是吓得一抖。

"其实也是我不好,主食被替换了也没看出来。"刀爷痛苦地抱着头,蹲坐在一旁。

荣林叹了口气,过去摸了摸他的背。

"你们还记得那个米其林的美食侦探员吗?"不知道什么时候,乔迟从房间里走了出来。

"陈先生吗?"

"嗯,你们还记不记得,当时餐厅里也出现了一种奇怪的调料,破坏了陈先生的面的味觉?"

提到陈先生小井就激动不已:"对,陈先生为了提醒我们,还故意推翻了面碗,那一个月我拖地拖得腰都要断了,死都会记得!"

"你们不觉得奇怪吗?每到餐厅生意变好的时候,就会出现一些奇怪的事来破坏,而且这些事都只有很熟悉乔木有期的人才能做得出来。"

"这么说餐厅有内鬼!"刀爷握紧了拳头!

"嗯。"乔迟眯着眼睛打量着在场人的表情,"虽然不能确定,但我已经发现了确凿的证据,我想过不了三天,我就能抓住这个内鬼!"

刀爷站了起来："到时候不管是谁，别怪我拳头不长眼！"

在场的每个人都露出义愤填膺的脸，只有夕鬼坐在角落里，默默玩着手上的鬼脸黄花梨手串。

乔迟不动声色地看了她一眼，一个连底薪都没有的侍应生，戴着上万块的手串，会不会有点太奢侈了？

看来，狐狸的尾巴，快要露出来了。

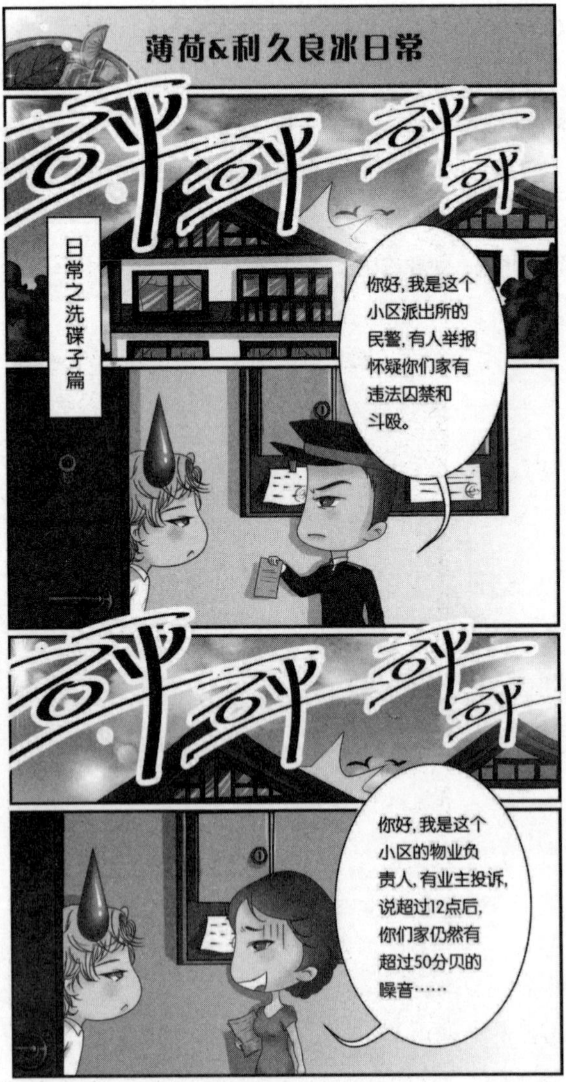

喂！这已是你打破的
第二个花瓶了！
(ˉ▽ˉ)两个而已，
来良总跟我念，
莫~生~气~
对！只有2个！
和之！前！的！
9个碟子、7个小碗、
22个摆设！
照着这个尿性，你工资
全部扣都不够赔！
哼，资本家！
(ˇ ˆ ˇ)。

诶,我拖鞋去哪儿了?

抱着我拖鞋做什么!还有那十件被你扯散的毛衣你解释一下!

我去!你变态啊!

听不见
((((^^)~~(^^)))

日常之偷懒篇
太阳暖暖的，好书湖~
嗯~ 好书湖~
打滚
诶，你不应该去干活吗，厨房还有那么多碗没洗！
让我躺一下嘛，我们不是发小吗，别小气啊喂……
打滚
放开你的手，放开放开放开放开！！！！
再不放我要叫了……

日常之掀马桶圈篇
良总，你这么大个人
上厕所都不知道要
掀马桶圈吗！
呃
不……不小心
忘记了嘛……
哼(｀^´)
滴到外面了啦~
千万别告诉别人，乖~大不了这个马桶
我自己洗~么么哒~

第九章
夏日清凉套餐

1. 你确定他还是乔也？

凌晨一刻，乔迟站在漆黑的地下室里静静等待。
等待着，那只老狐狸上门。

这半年以来，乔木有期的怪事不断，但所有的怪事都指向了一个方向，就是调味料！
而上好的调味料都储存在这二十八间地下室中，只要守住了这个地下室，早晚可以知道这只内鬼！
常在河边走哪有不湿鞋，犯了这么多事，或多或少都会留下一些破绽。
而这些破绽根本不用自己动手去找。

乔迟故意说出自己已经掌握了证据三天内必定揪出内鬼，这句话一般的人听着可能没什么感觉，但对于心里有鬼的人来说，无疑是一个套在脖子上的钢圈。

在强大的心理暗示之下，"内鬼"必定会在三天之内进到地下室，来销毁一些证据。

而乔迟要做的，就是静静等待。

凌晨一过，二十八间房的摆位发生了变换。

乔迟静静地躲在主室的角落里，盯着头顶的昏暗入口。

地下室里静得连一根针掉地都能听见，没有任何月光，乔迟故意没有点灯，只靠着一些自然的荧石发出微微的亮光。

记得小时候，他胆子小，每次都不肯一个人去地下室，碰着餐厅忙不过来，非让他去下面拿食材的时候，他总是拖上乔也一起。

每到这个时候，乔也会笑话他是胆小鬼。

地下室的入口只有一米见方，不能并排走，每次下去乔也总是贴心地走在前面，出来的时候主动走在后面。

只要有哥哥在的地方，就什么都不用怕吧。

乔迟想到这里，嘴角不自觉地露出一个微笑的弧度。

后来父母出了意外之后，乔也一边读书一边打理餐厅，两兄弟能在一起说话和吃饭的时间越来越少。

乔也脸上的笑容也越来越少，他渐渐变成一个让乔迟感到陌生的人。

他们不再讨论最新的手游,也不再购买同款的衬衣。

一堵看不见的墙出现在两人之中。

乔迟依旧胆小和怕鬼,隔了很久,当他第一次鼓起勇气单独下去拿食材时才发现,不知道什么时候起,昏暗的地下室,多了两盏灯,还有一些红色的防止迷路的标志。

突然头顶地砖的转动声打断了乔迟的回忆,很明显狐狸上钩了!

地砖突突地转动,头顶原本封闭的青石板裂开一道一米见方的入口,两边墙壁上的青石装饰随着入口的开启,自动合拢组成了一道连接入口的石梯。

一道月光照进了地下室,一个高大的黑色人影背着光,慢慢走了下来。

乔迟感觉自己呼吸都变得急促,这个内鬼,会是谁呢?

他急迫地想要知道这个答案,却又害怕知道。

他从小在这个餐厅长大,除了夕鬼,其他的人都在这里干了最少五年,虽然很多时候他受不了玛丽美的大呼小叫、刀爷性格上的优柔寡断、小井的偷懒滑头、荣林的老奸巨猾,但正是他们才让整个餐厅更有生气,更加完整。

今天不管结果是谁,乔迟都会非常失望,从最开始到现在已经过去了差不多半年的时间,期间他不断地想要给对方一些机会,对方却一而再再而三地犯案。

不管是谁,这一次都逃不掉了!

乔迟站在主室的暗处，静静地看着那个往下走的身影，因为背光的原因，他一直没能看清对方的脸。

当对面的人慢慢走下石阶时，月光终于照到了他的脸。

那一刻乔迟简直不敢相信自己的眼睛。

这不可能！

乔迟再也忍不住，从暗处冲了出来大喊一声："哥！"

让他更想不到的是，眼前的乔也，看见被拆穿并没有逃跑，而是软软地往前一倒。

这是怎么回事，为什么会是乔也？

就算全世界的人都想要陷害乔木有期，乔也也绝对会是例外的那一个！

这不仅仅是父母留给他们最后的纪念，也是他辛辛苦苦一人管理的餐厅啊！

乔迟想要上前问个明白，一个声音在背后响起。

"你最好不要吵醒他。"

一身黑色衣服的短发少女，静静地站在入口处。

"他只是在梦游的过程中，受到打扰睡着了，但如果你现在把他喊醒，他很可能会惊吓过度真的死过去。"

"你到底是谁？"

"我是谁不重要，重要的是他是谁。"

"你说乔也？"

"你确定他还是乔也?"

"你最好能一次性说清楚。"

"乔少爷,我没有义务要告诉你事情的真相,更何况你刚刚坏了我的好事!"

眼前的这一切都在乔迟的预料之外,为什么进来的人会是乔也,这个黑衣少女到底是什么身份,这一切的疑问堆积在乔迟的脑袋里,感觉快要把他弄疯。

"你有没有听过六日?"夕鬼翻了个白眼,"想必你这种养尊处优的少爷是没有听过这些市井传闻的,不如我今天来给你上一课好了。"

从古至今,历史发生了千千万万的转变。

马车变成宝马,扇风变成风扇,唯一不变的只有美食,以及对美食的热爱。

表面上处理食物的人,只是社会里低端的服务人员,但实际上不管是哪一个王朝,哪一个国家,哪一个身份的人,无一例外都离不开一日三餐。

多少人为了吃不饱肚子而起义。

又有多少人为了能吃饱肚子而牺牲。

元朝末年,朱元璋想要联合各路的反抗力量准备起义,但朝堂官兵抽查得十分严密,传递消息十分困难,朱元璋便将写有"八月十五夜起义"的字条藏入饼子里面,再派人分头传送到各地起义军中,通知他们在八月十五日晚上起义响应,一举攻下元大都。

乾隆三十三年,发生了两淮盐政案,查出两淮历年欠缴官银一千零九十余万两，乾隆帝大怒，下令彻查，纪晓岚为了给自己的女婿卢见曾报信，将一撮食盐，一撮茶叶，装进一个空信封口袋，里面不写一字。卢家见到此信，揣测良久，终于明白其意是"查（茶）盐"。于是，卢家急忙补齐借用的公款，并将剩余的资财转移到他处。

"看不出你历史学得还挺好的。"

"学？"

"不是学的，难道还是你亲眼所见？"

"那倒没有，我不喜欢去人多的地方。"

"你到底想说什么？"

"简单来说，能操控食物的人就能操控全世界。"

乔迟抬起眼睛，第一次认真地打量起眼前的夕鬼。这个少女看起来只有十五六岁，永远都是一身黑衣，长长的刘海下面，一双眼睛又黑又大，格外引人注意，在没有血色的脸上，就像是一汪深潭有一种能把人吸进去的能力。

"你再多说两句，我可能就相信了。"

"我说的本来就是真的。"

"就算是真的，跟我又有什么关系？"

"你早晚会知道的，他们就快要集齐十三属相的人了。"

"小姐！你编谎话可不可以编得专业一点，属相只有十二个啊。"

"六日有多强大你现在还不知道，他们将鼠年和猪年交接的零点出生的人列为了第十三种属相——麒麟。"

直到第二天，乔迟也没有想明白，他怎么会丢下睡在地上的乔也，跟一个奇怪的少女聊那么久，导致现在乔也一打喷嚏，乔迟就很心虚，总觉得是自己聊太久导致乔也在冰凉的青砖上感冒了。

他观察了半天，确定乔也真的完全不知道昨晚发生的事，才叹了一口气。

夕鬼也像什么都没有发生一样，照例在餐厅接待着客人。说来也奇怪，这个臭脸少女从来不笑，客缘倒是不错，来了两个月一次投诉也没有，这点连师奶杀手小井都没有做到。

如果她不是神经病的话，那她昨晚的话……

突然，乔迟的脑海中仿佛一道闪电劈过，昨天光顾着跟她拌嘴，最重要的一句话差点漏掉了。

如果这句话是真的话……

一种从未有过的害怕在乔迟心中升起……他想到了夕鬼刚刚进入地下室时说的第一句话——"你确定他还是乔也？"

2. 你会把我送去生物研究中心吗？

乔木有期的后花园里，薄荷正四脚朝天地躺在草地上晒太阳。

他花了整整两天的时间，去走访每一个因为食用"海椒天涯"而感到身体不适的顾客。

开始大家都冷嘲热讽,后来慢慢被他的真诚所打动,都表示愿意原谅乔木有期的这次失误。

工商局在调查了解后,批准了餐厅重新营业。

做完这一切,薄荷感觉自己累瘫了,要睡十个懒觉才能恢复元气。

结果一个懒觉还没睡完,薄荷又被吵醒,荣林拿着下季新品菜单和本月利润核算表等着他签字。

每当这时候,薄荷就异常地同情乔也,这些年他到底是怎么熬过来的。

哀号归哀号,但事情还得做。

薄荷常常在想,经过这些日子的磨炼,等他恢复猫生的时候,简直可以去竞选猫族总统。

不过猫族目前为止还没有总统,想到这里,薄荷叹了口气,唉……我们果然是一个没有上进心的种族。

自我调侃得开心的薄荷总觉得有哪里不对劲,一回头正好撞上乔迟的目光。

最近这两天也不知道怎么了,乔迟总是盯着自己。

该不会是……他开始怀疑自己的身份了吧?

对面的乔迟也看到了薄荷的目光,这些天他一直想要找个机会问问"乔也",但一直不知道怎么开口。

经过夕鬼那一句话的提醒,加上这半年来"乔也"表现的反常,乔迟的心里已经明白了七八分。

但他还是有很多很多的问题想要亲口问一下"乔也"。

两人正僵在那儿,想着"你先开口还是我先开口",突然一个球从中间飞过,紧接着一个巨大的白毛坦克般轰隆隆地冲了过来。乔迟被撞得重心不稳,往前歪歪扭扭地冲了两步,正好撞到"乔也"身上,两人目光一下子就对上了。

"你……"乔迟想了一万句开场白结果都没用上,最后还是换上了平时那张面瘫脸,"你到底是谁?"

好直接的问法!叫人怎么回答呢。不对,叫猫怎么回答呢!

只能以彼之道还施彼身,薄荷也放弃了准备了好久的普通解释、文艺解释和逗比解释,直接问出了心中最想问的问题。

"你有科学家的朋友吗?"

"你会把我送去生物研究中心吗?"

"你缺钱吗?"

在得到一系列的否定答复后,薄荷松了口气,交代了一切。

从他只是睡了一觉,醒来就莫名其妙变成乔也说起,一直说到香格里拉的调味料,以及良冰养母留下来的那封信,能说的都说了,除了他对白娅的感情。

但让他想不到的是,乔迟这家伙哪壶不开提哪壶。

"难怪你不接受白娅。"

"我故意没跟你说白娅,你怎么……"

"我只是有点小孤僻,又不是智障!瞎子都看得出来你们俩有古怪!"

说到白娅,他们都突然沉默了下来。

白娅已经失踪三天了,恩候先生的孙女丸子失踪两天。

算上花街之前失踪的人口正好十二个。

按照夕鬼的说法,当六日凑齐第十三个时,就会有一件大事要发生。

这件大事肯定不是什么狂欢派对之类的,毕竟冒着极刑的风险绑架十二个人不容易。

"警察局那边有什么线索吗?"

薄荷绝望地摇了摇头:"没有。"

"走,"乔迟拉上薄荷的手,"再去看一次监控,我们肯定漏掉了什么。"

薄荷已经是第五次看那个显示器上的视频。

前四次都毫无收获,但这次不一样,这次有天才乔迟!

乔迟从小就是一个天才,观察力和记忆力都异于常人,读书的时候从来不听课,考前当天翻一下书,总能保持一个中等的成绩。乔也当年就说过,这个弟弟如果不是人生观这么消极一定是个比他还要厉害的人。

想到这里,薄荷不得不佩服他们家的优良基因,哥哥已经是集美貌与才华为一体,弟弟更是生了一张女生都嫉妒的脸,智商也分分钟碾压大众。

薄荷不由得暗暗握拳,为了后代着想,以后配种一定要找个纯种大美猫!改善改善它们家中华田园猫的基因。

"你快看这儿。"乔迟用手肘捅了捅薄荷。

"这段有什么问题吗?"视频里白娅背着精致的小包,提着一个手提箱,一副离家出走的装扮。

"你仔细看她手里还握着一个什么。"

薄荷努力调整他 24K 钛合金猫眼把视线集中在那一个模糊的小点……

"好像,是一个苹果。"

"对!那就是一个苹果!"

薄荷咧了咧嘴:"一个苹果能代表什么吗?白娅最近在减肥,不吃饭吃苹果很正常啊!"

"一个苹果并不能代表什么,但问题在于,丸子失踪的时候,保姆带着她去找棉花糖,为了防止她路上饿了,手里也准备了一个苹果,我之前有调查过另外失踪的十个人,失踪前三天的食谱,发现他们都有一个共同点,就是他们的食谱里都有苹果!"

"这……"薄荷转了转耳朵,感觉自己的智力有点跟不上,"苹果不是最普通的水果吗?如果说吃了苹果的人就会失踪,那肯定不止十二个,估计花街一晚上就有几百个。"

"肯定还有什么别的线索,走,我们去街上转转!"

薄荷被乔迟拖着,挨家挨户地敲门询问,街上的少女们都纷纷探出头来,一睹两大帅哥同时出街的风采。

薄荷一路被拖行一路感慨:"感觉白娅失踪了之后花街少女的颜

值都下降了。"

本来只是随便抱怨一句,没想到乔迟突然像被雷击中一样。

"你说什么?"

"我没说什么啊……"

"你把你刚刚说的再重复一次!"

"我……饿了?"

"不是这句是上一句。"

"感觉白娅失踪后花街少女的颜值都下降了……你确定是这句?"

"对!就是这句!所有失踪的人,除了恩候先生的孙女丸子外,都是十八到二十五岁之间的少女,并且是花街最漂亮的那批。"

"那照着这个规律我们只需要找到,花街剩下最美的那个,就能知道下一个失踪的人是谁了?"

"不但可以找到白娅还有那些失踪的少女,说不定还有机会找到乔也!"

乔迟开心地狠狠拥抱了下薄荷!

不知道什么时候开始,或许是由于有了找到哥哥的强大信念支撑,乔迟慢慢走出了自己为自己搭建的堡垒,从封闭的室内走出来,像个正常人那样站在阳光下微笑了。

3. 夏日清凉套餐

花街常驻居民有 1048 户,就算只有三分之一符合条件,也有几百个少女要看。

薄荷和乔迟一天看十个也来不及，还是荣林想出一个办法。

荣林推出了一个夏日清凉套餐，凡是18岁～25岁的美少女穿比基尼来就餐就能打五折。

对此，薄荷表示不理解，为什么一定要穿比基尼？

荣林："因为这种泳衣是最要求身材的！不是真正的美少女根本不敢穿啊！"

总之，不管是什么小井和刀爷都已经舔着舌头坐在门口等了。

折扣的吸引力效果惊人，几乎全街的美少女都跑来参加了，一时间乔木有期波涛汹涌，可以在萝卜丝上毫无压力地切豆腐的刀爷被晃得连续切到了三次手指头。

相比刀爷的大饱眼福，小井就倒霉多了，玛丽美也穿了一件像秋裤一样的泳衣坐在餐厅里表示要求五折。

小井全程都在为了玛丽美谜一样的年龄和体重据理力争。

"你这不算，你这明明是秋裤！"

"秋你个头，这是欧式新款连体大码！"

"加……大码吧……哈哈哈哈！"

"你过来，看我打不死你！"

"好了，就算你这个算比基尼，你年龄……"

"我满了十八了！"

"我……知……道……但……那个……二十五……"

（一阵噼里啪啦之后……）

玛丽美双手叉腰，一只脚踩在小井脆弱的腰上，用狮子吼的音量问他:"你再说一次,年龄的上限是多少……"

薄荷和乔迟同时捂住了眼睛,太残忍了,不敢看了,我们还是去别的桌吧,六日的人除非是不想活了才会绑架玛丽美。

经过了一番观察和对比,薄荷和乔迟锁定了一个目标。

白娅楼下的云芊芊!

云芊芊从小学习舞蹈,身段柔软秀丽,巴掌大的小脸上,一双杏仁眼,又大又亮很是引人注目。

自打进店的那一刻,小井就主动放弃了和玛丽美的争战,从遥远的 A 桌一路奔到 Z 桌来服务云小姐,先是拉凳子,再是铺餐巾布,服务得无微不至。

乔迟:"他平时对别的客人有这么用心吗?"

荣林:"看颜值来吧。"

乔迟:"那有什么办法把他弄瞎吗?"

荣林落荒而逃……

云芊芊正在用餐,薄荷走了过去:"我是不是在哪儿见过你?"

云芊芊温柔地用餐布擦拭嘴角,微微一笑:"当然,我就是在白小姐楼下开奶茶 BUS 的,乔先生经常去我那里给白小姐买奶茶啊,乔先生对女朋友真好。"

"呃……这个……"薄荷不好意思地偷偷四处看了一眼,庆幸没有别人听见云芊芊这番话。

"云小姐，你对苹果过敏吗？"

云芊芊对这个问题表示有点意外："苹果吗？不过敏，我为了保持身材经常吃苹果。"

"那……方便问下云小姐的生日吗？我们在做会员登记，日后可以打折哦！"

"好啊……咦……还要填属相啊……我生日挺特殊的，正好在猪年的最后一天和鼠年的第一天的凌晨，所以从小到大我都不知道自己是属猪的还是属鼠的……"

就是你了！

薄荷和乔迟偷偷对望了一眼，给了彼此一个肯定的目光。

如果说十三个失踪者还差最后一个的话，那非云芊芊莫属！

4. 我们干脆跟着她走，看她要走到哪儿去

晚上九点，云芊芊家楼下的草丛里不断发出窸窸窣窣的声音。

不一会儿，两个裹满树叶的人，抱在一起滚了出来。

"都说了让你过去一点你不听，这下好了挤出来了被发现了怎么办！"

"你还说，就是你忘了带蚊不叮，我都要被咬死了。"

"猫也怕蚊子？"

"废话！我现在是用的你哥的身体。"

"哦，反正红包过几天就消了，他不会介意的。"

"那这个呢？"

乔迟低头一看，薄荷手里拿着一条一米多长的蛇，蛇头正紧紧咬住薄荷的屁股不松。

乔迟吓得大喊一声从草丛里滚了出来。

薄荷甩了甩手顺手把那条倒霉的蛇丢回草丛里："别怕，这是菜花蛇，没有毒，最多就是屁股上多两个洞。"

"你确定等乔也回来看到自己的身体被你玩成这样不会打死你！"

"他头扭不了这么大幅度，看不到自己的屁股。"

"那，我要是告诉他呢？"

薄荷觉得自从乔迟从封闭的内心走出来后，越来越嚣张了，没事就欺负他："哼！再也不是那个软萌少年了。"

"你说什么？"

"我说你再也……等等，趴好别动，你看云芊芊身后那个是什么？"

乔迟远远看去，透过窗口，云芊芊的身后有一个巨大的黑影，而她并不知道，依然在欢快地准备着晚餐。

"惨了！云芊芊在做沙拉，里面有切碎了的苹果！"

"快走，我们去阻止她！"

薄荷拉着乔迟一路奔过去……

随着他们俩往楼上跑去，云芊芊身后的黑影越来越大……

一人一猫一路狂奔，等跑到云芊芊门口的时候，已经喘成了狗。

薄荷和乔迟一面嫌弃对方的喘气声太粗野，一面对望了一眼。

不对！这真的是狗的喘气！

他们低头一看，比巴卜摇着巨大的尾巴，吐着舌头傻兮兮地喘气。

薄荷扶额："你什么时候把这个蠢货带出来了……"

乔迟嫌弃地扯了下薄荷的衬衣："明明是你好不好！多大的人了还穿不好衣服，要我来给你穿吗！"

薄荷一回头，发现早上穿裤子的时候太困，迷迷糊糊的，不知道什么时候，在皮带和裤子的地方卡了一个绿色的毛绒球，远远看去就像屁股上长了个绿色的尾巴。

"它以为你是只兔子，还是绿色的哦！"

薄荷郁闷地扯掉那个毛绒球，往地上一丢，毛绒球弹了两下掉出一颗圆滚滚的狗粮，比巴卜立刻兴奋地冲了过去。

原来是比巴卜最心爱的装着狗粮的玩具，难怪它会一路尾随，估计是担心薄荷偷走它的球。

因为比巴卜的突然出现打乱了计划，他们没有及时赶到，等到他们踹开房门的时候，云芊芊已经陷入一种梦游的状态，双眼睁着，但没有一点神采，整理了一些衣物，就像要旅游那样拖着一个箱子开始往外走，任凭薄荷喊了几声也一点反应都没有。

薄荷想要去叫醒她，被乔迟阻止了，因为薄荷那天在地下室也是这种情况，夕鬼说不能吵醒，如果这个时候强行吵醒正在梦游的人，她会因为惊吓而有生命危险。我们干脆跟着她走，看她要走到哪儿去。

5. 乔迟版叮当猫

夜凉如水，只穿了一件衬衣的薄荷和穿着舒适温暖的绒线外套的乔迟一起走在街上。

薄荷冻得瑟瑟发抖，恨不得抱住比巴卜取暖。

比巴卜倒是很开心，它根本不知道发生了什么，一路都傻兮兮地跟着，并保持着萨摩耶最出名的天使微笑。

"到底还要走多远啊？再这么走下去六日还没找到我就要见阎王了！"薄荷忍不住抱怨。

乔迟做了一个嘘的动作："小声一点，搞不好等会儿真的可以见到阎王，你没发现吗，其实六日就是'冥'字拆开，等下要见的是人是鬼还不知道呢。"

薄荷被吓得毛都乍了，仍然嘴硬："少骗我了，谁不知道新闻出版总署是不允许故事里出现真鬼的！"

"人家都允许你变成人了，为什么不能尺度再宽一点，再说了，鬼肯定不是台面上的啊，偷偷摸摸的暗鬼总可以吧……"

薄荷突然一把抱住乔迟："别说了，弟，哦不，迟，我好怕……"

乔迟嫌弃地将快要爬到他头上的薄荷摘了下来："好好跟上，我不吓你了……

"说实在的，其实我一直都很羡慕你，你是爷爷最疼爱的长孙，是学校里的风云人物，而我只比你晚了五分钟，却好像什么都迟了一步，但后来当餐厅出现危机的时候，你站出来承担了所有的压力，一家家地去求得原谅和道歉的时候，我才明白，你继承的并不仅仅是一家餐厅，而是乔木有期百年来的一个责任和信仰。我为我曾经的幼稚感到抱歉。"

"你这番话是对我说的还是乔也？"

"乔也。"

"需要我转告吗？"

"不用。我就自己抒发一下。"

"哦！"

"等等，前面就是白娅消失的那个路口。"

薄荷和乔迟都紧张地盯着云芊芊，生怕一转眼她就像白娅一样凭空蒸发了。

云芊芊停在路口，过了一会儿，一辆黑色的保姆车像幽灵一样地驶过，云芊芊自然而然地坐了上去，保姆车的车窗都贴了一层厚厚的防光膜，从外面什么都看不到。

难怪监视器里白娅会消失，这辆车这么大完全挡住了白娅，也没有过多的停留，不仔细看根本不会发现人是坐上了车。

"现在怎么办？"

"跟上去啊。"

薄荷一屁股坐在地上："可是本宝宝实在走不动了，而且现在还要跟着车子跑。"

"早知道你会来这一手，上来吧！"

薄荷惊叹地看着乔迟从自己巨大的随行背包里掏出来一个折叠单车，三下五除二地组装好。

"不过我这个单车没有后座，只能委屈你坐在前面的杆子上了。"

"这么短！会不会硌得屁股很痛啊！"

"少啰唆，再不上来你就自己走！"

这天夜里，花街的街道上出现了诡异的一幕，一个高大帅气的男子骑着一辆巨小无比的折叠自行车，自行车的前保险杠上还蜷曲着另外一位更加高大的男子，男子为了防止自己掉下来死死抱住对方的脖子，两人一路骂骂咧咧，歪歪扭扭地追着前面的保姆车。

途中经过一条颠簸的石子路，薄荷发出一串哀号……

保姆车开了大约半个小时，然后在一条林荫道上停了下来，云芊芊漠然地下车，继续往前走。

眼见着走到了路的尽头也不转弯，直直地掉了下去。

薄荷吓得大叫一声，跑上前一看，原来已经到了海边，下面有一艘船把云芊芊接走了。

薄荷一脸痴汉地看着乔迟："你包里是不是还有艘船？"

乔迟："没有。"

薄荷："那我们回家吧，这个点回去还能再睡两小时。"

乔迟（嫌弃脸）："虽然没有船，但我包里有两个充气救生圈。"

薄荷："你是叮当猫吗？"

乔迟："我只是户外爱好者而已！谁像你每天就知道晒太阳！"

薄荷："不要看不起我，分分钟上树给你看！"

乔迟："好了，再斗嘴船都跟不上了，我看着那艘船不大，应该没走多远，我们赶紧跟上。"

夜幕下，载着云芊芊的小船，悠悠地驶入一个深港，停在一艘大船的旁边。

两个小小的黑影还有一个毛茸茸的白影，顺着船旁边的一根软梯，慢慢爬了进去……

6. 你的意思是——我们必死无疑！

进入大船之后，薄荷和乔迟就像进入了一个巨大的黑色迷宫，四周黑漆漆的，两人摸索着一间一间地寻找。

整个轮船分为三层，地下室、甲板、天台，不同于其他的轮船上有一些花纹或者LOGO，整艘大船，都是一种深色的涂料，在夜色里几乎可以达到隐形。

二层的中间有一个巨大的对开门，里面隐隐有灯光透出。

薄荷和乔迟趴在门上侧耳听。

这个时候猫的优势就显示出来了，虽然是乔也的身体，但天生对声音敏感，这让薄荷能听见更多更小的声音。

"这批鱼准备得怎么样了？"

"今天最后一条已经入仓了……明天就可以发货了……"

"定金呢？"

"都在这里……"

"二代的效果怎么样……"

"很好，基本上跟正常人无异……老板你太聪明了，二代的LY无色无味，这些小妞吃的时候都毫无察觉，并且可以通过尿液完全排出体内，不留下一点证据，只要有需要，我们还可以提供更多的鱼……而且谁也猜不到我们的引子就是最普通的苹果……"

"哼，最普通的苹果又怎么样，上次还不是跑了一条。"

"老板息怒，上次跑的那条，我们特意又抓回来了，这次保准万无一失！"

"这次是阿拉伯酋长定的货，要是再有什么差池，我就把你们丢进海里去喂鲨鱼！"

"是是是……"

……

突然有脚步声传来，薄荷拉着乔迟赶紧溜，慌乱间走到二层的一个夹层，里面有星星点点的光传来。

只有一个小小的透气窗在门的顶上，乔迟架着薄荷，薄荷抻长脖子看了一眼，里面昏昏暗暗的，他努力调整了一下自己的焦距，适应了这个光线。

但让薄荷万万没有想到的是，当他看清里面的样子时，吓得差点从乔迟的脖子上滚下来！

房间大概有七十平方米，分为一个个一米长半米宽的格子。

每个格子里都蹲坐着一个面色惨白的少女。

不多不少正好十三个！

好像有什么宗教，在运送尸体的时候为了节省地方，就会让尸体蹲着。

薄荷吓了一大跳,还没有喘过气来,突然想起了什么,拼了命地踹开门冲了进去,白娅还在里面啊!

难道白娅已经死了吗!

一冲进门,薄荷第一眼就看见了白娅,她穿着的还是小井生日那天的白色连衣裙,头发柔顺地披着,静悄悄地蜷曲在一个小格子里,像橱窗里一个安静漂亮的瓷娃娃。

但此时,薄荷宁愿她还是那个张牙舞爪欺负他的非主流。

无论他怎么喊,白娅还是那样静悄悄地蜷曲着,一动不动。

薄荷冲上去想要把白娅从格子里拉出来,乔迟还没来得及阻拦,就听到"刺"的一声,一个巨网从天而降罩在了薄荷和乔迟的身上。

"都说了让你们小心小心再小心,还是让猫溜了进来。"

(薄荷内心OS:哎……他怎么知道我是猫?)

(乔迟:那只是一个比喻!比喻!比喻!)

随着脚步声响起,一个身穿黑色西装戴着面具的男人和四五个穿着紧身衣的像打手一样的人走了进来。

为首的戴面具的那个人,一把捏住了薄荷的下巴:"想要英雄救美啊?下辈子吧!"

"浑蛋,你到底把她们怎么了?"

"放心吧,她们没有死,只是进入无限的休眠阶段了。等再过三天,时间一到,我就把她们统统运到中东去,有的是大酋长在等着她们,从此过上荣华富贵的日子。开心还来不及呢。"

"放屁！你这是绑架！你到底用了什么手段把她们骗到这里来！"

"骗？太低端了，我只是在他们的饮料里，随意加入了一些调料，这种调料无色无味还会让食物变得格外香甜，即使已经中毒，医学上也查不出任何倪端，是一种完美的生物武器，当然这只是表面现象，如果你将它跟苹果同时食用的话，就会丧失自己的意识，变成一个随意摆动的玩偶。"

"你想把她们怎么样！"

黑色西装的人走到那些格子前，就像是抚摸一件件精美的瓷器那样，用手在这些少女的脸上游动："啧啧，这么年轻、这么漂亮的玩偶，试问天下哪个男人不想要。"

因为仇恨，薄荷的喉咙里发出呜呜的声音："我警告你，少拿你的脏手碰白娅！"

黑色西装的人往后退了两步，停留在白色连衣裙少女的旁边："你说的就是这个吧？让我帮你看看，哎呀长得很清秀，跟你很配，不过呢，真可惜，再过三天，她就是乌姆盖万大酋长的第89号妻子了，你抓紧时间多看两眼吧，不然以后就再也见不到了……"

"我不管是什么乌鸦盖什么98号，我不会让白娅离开我的！"

"是乌姆盖万大酋长的89号！年轻人地理怎么这么差！"

"把这两只乱闯进来的猫给我丢到海里去喂鲨鱼，离交货只有三天了，再出什么差错我要你们好看！"

薄荷的天性让他并不讨厌网子，但这张结实的尼龙网却让他抓狂，他疯狂地撕咬打滚，企图弄破这张大网。

"别白费劲了，这网由十六股尼龙绳组成，你牙都掉光也咬不破的。"

起重机将这个大网吊起，慢慢向海平面移动，一股巨大的恐惧向薄荷袭来。

"你说他们会把我们连网子一起丢下去吗？"

"不，他们会在空中将网子打开，像倒垃圾一样把我们丢在海里。"

"那我们可以像来时那样游回岸边？"

"不可能，从我们上船起，已经超过二十五分钟了，船一直再往深海开，我们游不到一半就会因为体力不支而淹死。"

"你的意思是——我们必死无疑！"

7. 那个把我们丢下海，戴着面具的男的，就是乔也

湛蓝的海水像这座城市醒不过来的梦。

薄荷像一杯雪碧里的薄荷糖，在这个梦里浮浮沉沉。

半个小时前，他还在跟乔迟互相嫌弃，半个小时后，他即将离开这个世界。

他生而为猫的时候，虽然吃不饱饭，但却过得简单而明了。

当他变成乔也的时候，虽然再也不用担心吃饭的问题，却越活越迷糊。

他常常分不清一些事情的对错，也看不透面具下的人心，他想或许这就是上帝给他的答案吧。

或者简单地活着，或者简单地死去。

而他唯一遗憾的是，那天的生日会上没能牵住白娅的手。

不知道喝了多少水，迷迷糊糊之间，薄荷感到有谁从后面提着他的领子，他就像一只没有根的海藻，顺着那股力量在海里荡。

等他再醒来时，已经躺在了一张洁白的床上。

薄荷掐了一下自己，又嗅了嗅床单上的霉味，确定自己还活在人间。

门开了，比巴卜冲了过来，对着他的脸一顿乱舔。

乔迟笑眯眯地走了过来："你醒了啊？还不谢谢比巴卜，如果不是它叼着你，你早就淹死了。"

"到底怎么回事？"

"我们被丢到海里以后，我本来以为死定了，后来突然看到海面上有一艘小的救生艇，你不会游泳，我也拖不动你，但救生艇离我们还有大概一百多米的距离。

"正在我发愁的时候，比巴卜也从水底下钻出来了，我就把你的皮带解下来系在你的胸口上，让比巴卜从后面咬着你一起往救生艇游。后来我们在救生艇上漂了大概三个小时，就被海浪送回岸上了。"

比巴卜得意地呜了两声，又在薄荷脸上狠狠地刷了一遍口水！

"我们快去报警吧！我记得那艘轮船在海面上的大概位置和行驶方向，现在才第二天，离白娅她们被卖掉还有一天的时间，还来得及，到时候人赃并获，看他们怎么说！"

乔迟本来以为薄荷会跟他一样义愤填膺，却没想到薄荷慢慢低下头。

"如果不报警会怎样?"

"不报警！你疯了吗，如果不报警的话再过两天白娅就会被卖到中东，你这辈子再也见不到她了！"

"可如果报警的话，就再也见不到乔也了！"

乔迟瞪着薄荷的眼睛，确认他不是在开玩笑："怎么回事，你说清楚。"

"那个把我们丢下海，戴着面具的男的，就是乔也。"

仿佛平地的一道惊雷！

乔迟不敢相信自己所听见的："你是不是惊吓过度，要不要再休息一下。"

"我很确定，他捏我下巴的时候，我闻到了熟悉的味道，那种味道我一辈子都不会忘记！"

周围陷入了死一般的沉默，乔迟痛苦地抱着头："不可能，我哥不可能做这样的事。他是不是被某种药物催眠了，就像白娅一样？"

薄荷摇了摇头："我也希望是这样，但明显他很清醒。"

像过了几个世纪那么久，薄荷从床上站起来："走吧,我们去报警。"

乔迟把头埋在手掌中间，用沙哑的声音回答："你去吧，我很累，想要休息一会儿。"

薄荷用了很大的力气才将自己的脚迈开……

在他转头的那一刻，一串眼泪从乔迟的指缝里渗了出来……

【乔迟日记】

3月14日 天气：晴

已经有几个月没有写日记了，这段时间发生了很多事。

生日的时候，白娅跟乔也表白，乔也跑了。

后来白娅又赌气失踪，餐厅也因为食物中毒遭遇了前所未有的信誉危机。

再后来，甚至连乔也也不是真的乔也。

某一瞬间，突然觉得人生有一点无趣。

原来所谓的生活就是出现一个又一个的麻烦，等着你去解决，周而复始。

我接受了，我的哥哥变成了一只猫。

因为只有接受才能鼓起勇气，早日找回哥哥。

下午的时候，我躺在院子里的雕花椅上，听见院子里植物生长的声音。

我突然觉得自己就像这些植物，在经过一轮又一轮的风雨后，似乎成熟了。

3月16日 天气：晴

之前餐厅一直有一些奇怪的事发生，每个人都怀疑餐厅里有内鬼。

我在地下室撞到了梦游中的乔也，他仿佛丧失了意识，想要从地下室里偷走极其珍贵的食材。醒来之后却又什么都不记得。

之后，另外一天的晚上，我又撞见了荣林，拿着一包粉末想要替换掉食盐。

原来大家都曾怀疑过彼此是内鬼。

我感觉到有一个巨大的组织，在背后操控着我们。想要实现什么不可告人的目的。

他的目的是什么呢？

但愿我能解开。

3月17日 天气：阴雨

最近看薄荷那个家伙越来越顺眼。

感觉再这样下去，我都要接受猫是我哥这件事了。

哈哈如果你知道一定会杀了我吧。

以前都是哥你欺负我，现在终于可以欺负你了。

可，薄荷到底不是真的你。

真的乔也你在哪里呢？

今晚我约了薄荷一起去跟踪云芊芊。

会不会有危险我也不知道，我只感觉我们离真相越来越近了……

我多希望这一切都是一场梦，梦醒了你就会回到我的身边。

WODEGEGE
TABIANCHENGLE
MAO

———— **第十章** ————

醋熘草莓片

1. 既然案子已经破了,那乔也为什么不回来呢?

白娅!

薄荷简直不敢相信!

当他打开房门的那一刻,他看见的不是刺眼的阳光,而是笑容依旧的白娅!

他一下子冲了上去,用力抱住,这时候就算是火星攻打地球也不能将他们分开了。

不知道过了多久,反正在薄荷看来只有一瞬间。

但乔迟和比巴卜这两个单身狗已经受到了几百万的重击!赶在被齁死之前分开了他们。

"到底是怎么回事，你怎么回来了？"这应该是憋在乔迟心头最想问的问题了，却被薄荷抢先问了。

白娅笑眯眯地在薄荷脸上亲了一下："你救的我啊！"

"我那天跟你吵架想要离家出走吓你一下，结果走着走着就失去意识了。等我再醒过来时，已经在一艘货轮上，旁边还有十几个跟我一样的女孩子。我的脑子虽然醒了但身体仍然不能动。

"然后你就推门进来了，你跟我说我中毒了，差点被卖掉，然后你亲手给我喂了药，说再过两个小时我的手就能动了，到时候会有人来救我。

"果然过了两个小时，就听见一阵撞击的声音，然后有一大批警察冲了进来，然后我就得救了啊！"

薄荷和乔迟对望了一眼，他们心里明白，救白娅的是真正的乔也。

周末，边吃薯片边看电视的二人组，正把脚跷在沙发上等着新闻的开播。

自从乔迟和薄荷一起经历了一系列的危险事件后，这两人已经变成了生死与共的朋友。

乔迟躲避人群的毛病也在薄荷这个二傻的带领下恢复得越来越好，现在不但可以学着管理整个餐厅，更能跟良冰一起组团打花街的三对三篮球赛。

据说，良冰、薄荷、乔迟的组合虽然球技很烂，却是花街最受少女欢迎的梦幻组合！

毕竟看到一堆又帅又酷的富二代在球场上炫耀肌肉和挥洒汗水，

得分什么的已经不重要了。

中午十二点，午间新闻准时开始，十年不变的女主播穿着鹅黄色的上衣，涂着红唇，一张一合有韵律地动着，远远看就像是一只巨型的鸭子在讲话。

"下面为您播报一则新闻：近日警方破获了一起价值上千万的国际人口买卖案件，解救了十三位妙龄少女。据悉这伙犯罪团伙利用生物科技，制作迷药，拐骗了十三位少女计划将其卖去中东。所幸的是，我们得到一位优良市民的举报，配合警方一举捣毁了这个人口贩卖集团。缴获各类枪支四十八支，子弹两千零五十一发……"

"那恩候爷爷的孙女丸子呢？"

"绑架的十三人里，全部都是十八岁到二十五岁的少女，并没有看到丸子啊。"

"丸子失踪其实是个乌龙事件。事实上，丸子并没有被绑架，真正被绑架的是丸子的保姆，但丸子保姆失踪后，丸子因为太小，找不到回去的路就走丢了，现在已经被好心人找到送回去了。"

"既然案子已经破了，那乔也为什么不回来呢？"

这里有乔也留给你们的几封信，也许你们看了就明白了……

2. 正版乔也的三封信

亲爱的薄荷:

见信佳!

千百次想要给你提起笔写信,却又不知道如何开口。

非常抱歉没有跟你商量把你牵扯进来,整个事件里你应该是最无辜的一个了吧,我曾一度很愧疚很害怕你会接受不了这个事实,但后来发现你适应得还不错!

想当年把你带回家的时候,你才只有两斤,轻得像一只大老鼠。后来你越来越胖,越来越懒!好吧不要噘嘴,我说的都是事实。

不过不管你是不是胖成球,在我心中你一直是最可爱、最聪明的小猫,从接你回来的那天起,我就把你当成自己的亲人,我本想一直这样,陪你终老。

但后来,我无意中得知,我父母的死亡并不是一场意外,而是一场谋杀,我想要调查清楚这个事件的真相,却又不能引人注意,我发现那群犯罪分子非常熟悉乔木有期的结构和一举一动,如果我贸然前去调查一定会被他们发现。

并且与此同时,我发现乔迟的性格越来越孤僻,我想这其中有很大一部分原因是因为我吧,我因为急于管理好我父母留下的餐厅,太急于成长成一个大人,我对他和对我自己都使用了粗暴的方式去拔苗助长,当我发现他的心理问题时为时已晚。

我需要一个时间去调查父母的死因,也需要一个空间让乔迟恢复。

所以我必须离开。

在离开之前我遇见了夕鬼,她是一个梦魇师,我用十年阳寿注入了你的身体帮我赢得了一年时间的分身。

现在你终于知道自己为什么会变成人了吧。

在这一年的调查中,我回来过几次,都住在地下室里。

好几次你在地下室都撞到了我,但你却没有认出来,鄙视脸!

还有据我观察,餐厅里这一年来三文鱼开销很大哦!咳咳好吧,我还是戒不了看财务报表的习惯。

虽然餐厅的生意起起伏伏,但让我高兴的是,乔木有期因为你的加入变得更加有爱,乔迟也因为你的开朗从阴影里走了出来,我真的很想狠狠地拥抱你,感谢你。

对了,听说你撬走了我的女朋友,好吧祝你们百年好合。

另外,冰箱里的三文鱼随便吃。

爱你的乔也

亲爱的阿迟:

原谅我的不辞而别。

或许在你心里我从未离开,但在我看来我却逃避了整整一年。

这一年里,我错过了与你一起晒太阳,一起聊天的好时光。

又或者说,我已经错过了好多年这样的好时光。

从父母去世的那天开始,你就把自己封闭起来,你一直认为,那次事故是你造成的,这让你陷入了深深的自责当中。

很抱歉我急于维持没有父母即将倒闭的餐厅,忽略了你心里的感受。

如果可以回到过去,我一定会深深地拥抱你,告诉你我们已经是这世上唯一的亲人,而这一切并不是你的错。

当我知道他们的去世并不是场意外时,我发誓要查出事情的真相。

在调查中,我发现很多类似的事故都跟一种神秘的调味料有关。

为了调查清楚,我潜伏在六日内部,终于弄明白,那种神秘的调料到底是什么。

它既不是什么植物,也不是什么化学合成的东西,它是一种生物,一种用计算组合了多种菌类和动物的DNA,创造出来的新型生物!

它甚至是有生命的!

当人类食用到它时,它会通过你味蕾上的血管,迅速进入你的神经,控制你的大脑,让你感觉到无比美味的并不是真的味道,而是你大脑制作出来的一个欺骗你自己的假象。

这本来是一项未完善的新型科学研究,却被不法分子当成了一个牟取暴利的武器。

经过改良，他们甚至可以远程操控使用者的意识。

这也是为什么你曾经在地下室里遇见薄荷梦游，还有餐厅里一切诡异的事，都是因为薄荷而起，薄荷在很早的时候就被植入了这种生物，只是薄荷自己不知道。

但这种新型的生物也有弱点，它对空气、湿度、温度的环境要求相当高。

六日组织的人员，试了很多次，都不能完美地解决存放的问题。

后来他们无意中发现乔木有期地下室的温度、湿度的环境跟这种新型生物要求的生存环境非常符合。

他们就偷偷将地下室当作他们自己的仓库，因为这种生物的体积非常小，所以只需要有一个半米见方的小箱子就够了。

乔木有期的地下室那么大，多一个小箱子根本不会有人注意。

就算是被发现了，也会死无对证，谁会想到将犯罪的证据藏在一个陌生人的家中呢？

这样一举两得的方式，让六日组织欣喜若狂。

但好景不长，他们在取货的时候，不小心被妈妈撞见了。

六日用我们俩的生命安危，威胁了他们很久，每年都寄恐怖的信件过来。

但最后随着越来越多的人失踪，我们的爸妈还是决定去报警揭发他们。

在报警的路上，六日动手杀了他们。

方式很简单，其实爸妈早就中了这种新型生物的毒，只要在他们出发前想办法在食物中混入一些苹果汁，自然会有一场交通事故来隐藏罪行。

他们去世时车上的那瓶就是妈妈本来想要交给警察的证据。

所幸，天网恢恢，我终于可以亲手把他们送进监狱。

我很高兴能为父母报仇，以及避免了更多人受到迫害，但我也因此受到了沉重的代价。

在六日潜伏的一年，因为要不断地试药，我的身体已经出现了很多不良的反应。

我需要一些时间来修养我的身体，也许是一年，也许是更久，在这段时间我相信你一定能管理好乔木有期，答应我，等我回来。

我曾经忘了告诉你，我有多么爱你。

希望现在说也不太迟。

爱你的乔也

亲爱的良冰：

你这个浑蛋，你一定很奇怪我为什么要给你写信。

不知道他们有没有告诉你我和薄荷之间的事。

如果没有的话，那你果真是人缘太差！

当然这不是我生气的原因，我生气的原因是你居然没有认出来餐厅里的那个人不是我。

荣林和小井他们认不出也就罢了,你跟我从小到大朝夕相处了十一年居然没有发现一点破绽!哼! ⌒(✧ ^ ✧)⌒ 真不知道是该为你的智商"捉急",还是为你的情商烧香。

从小到大你就跟我抢个不停,我买一支新笔,你也要买一支。我上什么学校你也要上。我参加篮球比赛,你就立刻去报名。我喜欢曼联你也要喜欢曼联,你知不知道自己有多烦!

我在旅途中认识了白娅,你果然也二话不说就送了人家一堆名牌包名牌衣服……

算了,白娅的事不跟你计较了,反正最后你也没抢赢,啦啦啦。(幸灾乐祸脸)

我留了一个礼物给你,在乔木有期的地下室里,是一个红色的瓶子,是你母亲当年弄丢的那罐调味料。

当年你母亲蓝玉的情人寇里,为她量身订做了一种新型生物的调味品。

寇里师从生物科技狂人文特尔,并在塞拉莱工作了五年。

这个新型的生物,原本是他量身定做想要给蓝玉的求婚礼物。但让他没有想到的是,在这项技术还没有完全完善之前,你母亲就提出了分手。

你母亲走后,他发现这种新型的生物调味品有很严重的弊端,在跟苹果同时食用时，会使人产生短暂的昏迷，甚至失忆（这也是白娅第一次失踪的原因）……

寇里花了三年时间，制造了配套的药剂，用来帮助这种生物代谢以及抗敏，也就是这种新型生物的解药。

但在他还没有将这一项科学成果公布于众时，他的实验成果惨遭剽窃，他也被人为的爆炸所谋杀。

后来这些新型技术辗转落入"六日"之中，制造了后来的一系列违法事件。

对了，忘记告诉你，这种新型生物调味品它的名字叫：LY（蓝玉）。

而它的解药叫：Love Of My Life（一生挚爱）。

时间不早了，信就写到这里，希望你好好经营冰火楼，不要输给我弟哦！

期待和你的再见。

我一点也不想你，真的。

乔也

3. 其实我也是一只猫

花街上，薄荷感觉自己快要热成狗，两只手都被购物袋所塞满，连想擦个汗都腾不出手来。

女人果然是一种可怕的生物！

我真是昏了头才会再次陪这种生物逛街!

当然他也只敢在心里这么呐喊,白大小姐逛得正欢,他跟在后面一点也不敢扫兴。

突然路边出现了一个水果摊,薄荷暗暗哀号大事不好。

果然,白娅一看见草莓,原本的好心情就荡然无存。当时如果不是薄荷这个家伙把海绵蛋糕上唯一的一颗草莓给了夕鬼,她就不会因为吃醋而离家出走,也不会差点被卖到中东去给人家当89号小老婆。

这一切都拜草莓所赐!以至于现在,草莓已经变成白娅的宿敌!

一看见草莓,白娅就气不打一处来。

"不想逛了,回家吧!"

"为什么,刚才不还逛得好好的吗?"(薄荷捉急脸)

"不!开!心!"

"谁敢惹我们家白大小姐!"(狗腿脸)

白娅怒了努嘴,指着那堆山一样的草莓。

"买买买买!以后只要看见草莓,全部都买下来!送给老婆!全世界的草莓都是老婆的。"

"谁是你老婆,都还没求婚。"

"求!"

"钻戒呢、花呢?"

"可不可以……先欠着……"

"看我的嘴型——gun——滚——"

"老婆,趁着你今天心情好,我想跟你坦白件事。"

"(⊙o⊙)?你藏私房钱了?"

"没有。"

"(⊙o⊙)?你找小三了?"

"不敢。"

"那你说吧,我应该不会打死你。"

"嗯……其实……我是一只猫……"

"哈哈哈哈哈哈哈哈……"白娅笑得前仰后合,足足五分钟才停下来……

"真的有这么好笑吗!"

"哈哈哈……其实我也是一只猫……哈哈哈哈哈……"

"我说的都是真哒!"(生气脸)

"我也是说真的。"

(完)

【乔木有期小剧场】
——— Part1 ———
真心话和虐狗大赛

周末,艳阳高照,乔木有期内却空空荡荡的。

花街因为线路检修,停水一天,餐厅也暂停营业。

大家难得的放一天假,却因为热不想出门,全都赖在餐厅里吹冷气。

小井在无聊地摇手机,想要通过交友软件摇摇看附近的人,也许会有什么"意外收获",结果摇了半天都是一些抠脚大汉,正遗憾着附近根本没有美女时,突然手机"滴"的一响,显示附近一百米内出现了一个头像瓜子脸的美少女!美少女的名字叫小咩,小井点开头像大图,小咩人如其名笑起来两颗虎牙,超级甜!

"椰丝!这就是小爷的菜啊!(握拳)"

小井立刻热烈地点开对话框,接连发了三个表情外加五个大!红!包!

聊得正高兴的时候,突然有人拍了他一下,他回头一看是满脸纠结的刀爷。

　　小井表示疑惑，难道说这位远古时代的大叔也开窍了，想要我教他玩交友软件？

　　于是乎，小井大方地拍了拍身边的椅子，表示，刀爷你坐，我教你！

　　刀爷摇了摇头，一副欲言又止的样子。

　　小井忍不住有点不耐烦："有话就说！别一脸便秘的表情看着我。"

　　刀爷："嗯，不知道该不该说，我看见你玩手机玩得挺开心的本来不想打扰你，但是，你已经给玛丽美发了五个红包了，我怕你这个月工资花光又要跟我借钱，所以……"

　　什么！玛丽美！

　　小井震惊地回头，果然看到玛丽美鬼鬼祟祟地躲在角落里偷笑。

　　小井再低头看了一眼正在跟他聊天的小咩的相册，再抬头看一下玛丽美那又黄又凶狠的虎牙，再低头……

　　有没有搞错！

　　这简直是欺诈！

　　拿着这种P了二十几道工序的照片当头像的人都应该拉出去斩首！

　　小井生气地翻着白眼想上去理论，却被薄荷拖住了——

　　薄荷："好无聊组织点活动吧。"

　　小井心里想的是玩个屁啊玩，老子的血汗钱还在等着老子把它们救回来，后来转念一想，正面冲突的话，论体力，自己完全站不了上风，搞不好还会被玛丽美胖揍一顿。

不如玩点游戏来整整她!

小井把餐厅正中心的位置腾了出来,一个大圆桌正好够坐六个人。白娅、薄荷、小井、荣林、玛丽美、刀爷围坐在桌子周围。

小井:"我们来玩真心话吧,我这里有一根木棍,一头红一头蓝,大家轮流转动,当木棍停止转动的时候,红色指针的那个人要向蓝色指针的人提一个问题,蓝色指针的人只有两种选择,一种是说真心话,另一种,就是桌上闪着寒气的伏特加。"

按照顺序白娅第一个转,大家都目不转睛地盯着圆桌上疯狂转动的指针。

过了好久,指针才停了下来。红指针对着刀爷,蓝色对着小井。

刀爷摸了摸头,不好意思地哼了半天,终于问出:"小井,你上个月还有上上个月借我的钱什么时候还?"

小井气结,真心话是没打算还,又怕说出来会引起公愤,想了一下,干掉了桌上一杯伏特加。

第二轮,红色指针转到了玛丽美,蓝色的转到了荣林。

玛丽美哈哈大笑,一副老娘等候多时的样子,果然问出来的问题也相当凶残:"什么时候给我们涨工资?"

让她没想到的是,荣林还是保持着他万年不变的微笑脸,礼貌而富有绅士风度地说:"下辈子吧。"

虽然荣林说话的声音温润磁性十分好听,但这四个字在玛丽美、小井、刀爷的耳朵里,却比指甲刮黑板还要刺耳!听得他们生不如死。

　　第三轮,红色指针对着薄荷,蓝色转到了白娅。
　　薄荷等了很久了,终于如愿以偿,他红着脸,低着头问:"这桌上有你喜欢的人吗?"
　　问完这个问题,薄荷感觉自己脸烫得可以煮水,虽然没有抬头,但他敏锐地嗅到对面桌上冒出无数个粉红色气泡。
　　白娅平时都张牙舞爪的,突然变得呆萌了起来,小声说:"有喜欢的猫算不算……"
　　比巴卜在旁边哀号一声,好好玩个游戏,怎么说虐狗就虐狗了呢。

【乔木有期小剧场】
Part2
迟来的表白

下班了,薄荷照例送白娅回家。

正值黄昏,金色的夕阳软绵绵地铺在花街的青石路上。道路两旁的白色绣球纷纷从围墙的那一边探出头来。

暖暖的微风吹得薄荷的心也荡漾了起来。

心一荡漾喵爪就有点不老实,一只罪恶的爪从背后伸出……想要去勾搭旁边那一只。

秋天樟树果"噗噗"掉了一地,白娅跳来跳去,去踩那些地上散落的果子。

薄荷处心积虑地抓了几下都抓空。

表面不动声色,内心已经气得冒烟!

白娅却毫无发觉,还在低着头转来转去。

突然,白娅感觉自己的手腕被什么有力的东西钳住,在随即而来的力量驱使下，白娅原地转了个圈，直接撞到了薄荷的胸膛上。

她一抬头就看见薄荷愠怒的脸："走路不好好走，跑什么跑。"

白娅刚想回嘴，突然觉得气氛不太对。

她整个人都在薄荷的臂弯里，被紧紧地圈住，几乎要鼻尖对上鼻尖。看着薄荷炙热的眼神，白娅吓得闭上了嘴，傻愣愣地看着他。

殊不知这样呆萌的表情，更加让薄荷想要"欺负"她一下。

薄荷刚低头想亲下去，谁知白娅一动，歪了！碰到了嘴唇边。薄荷顿时更紧张了！心想完了完了，这下肯定要被白娅抓死，不过反正已经亲了，死就死吧，干脆闭着眼睛又多亲了几下，这样细碎的吻像一片燎原的火让白娅的脸越来越烫。

最后，两个没经验的猫终于找准了位置，薄荷已经紧张到爪子都僵硬了，但还是不顾怀里白娅的反抗霸道地将自己的舌头伸了进去。纠缠了几下后，白娅终于挣脱开来，假装生气地嗔怒："你做什么？"

薄荷"老老实实"回答："帮你舔毛。"

白娅指着自己："看清楚，这是嘴！"

薄荷摸摸头："我知道啊，可我也想顺便亲一下。"

白娅气鼓鼓地说："以后不许这么……顺便！"

薄荷听闻露出惊喜的表情："你的意思是，还有'以后'？"

白娅敲了他一下："你什么时候知道，本小姐也是只猫的？"

薄荷想了一下："我决定放弃变回猫的那天。"

白娅感觉自己听到了这辈子听过的最不可思议的话："放弃变回猫？变回猫不是你一直以来希望的吗？"

薄荷点点头，认真地说："从我认识你的那一天起，就很喜欢和你在一起的感觉,尽管很多时候都在吵架和斗嘴,有时尽管当时很气,但事后想想还是很开心。我是很想变回猫,但我更想和你在一起,如果你喜欢当猫,我们就一起当猫,如果你喜欢做人,我们就一起做人,如果你还没玩够的话,我愿意陪你一直玩下去。"

白娅脸更红了像个煮熟的虾米,但还是愉快地点了点头。

夕阳下两只爪默默地握到一起。

  白娅:"对了,我伪装得这么好,你是怎么发现的?"
  薄荷:"想知道?"
  白娅:"嗯。"
  薄荷:"真的想知道?"
  白娅:"嗯!"
  薄荷一脸坏笑:"太长了,不如晚上去你家,边帮你舔毛,边慢慢说……"

【乔木有期小剧场】
Part3
一场毛鸡蛋引发的血案

周末,乔木有期难得的人满为患,刀爷在厨房紧张地忙碌着,手中的片刀上下翻飞。

瞬间,一只完整的焦糖色烤鸭就被片成了108片。

小井探出一个头:"刀爷,18桌的那份琥珀玉子烧好了吗?"

刀爷一拍脑门:"差点忘了,再等十分钟,我去打个蛋。"

突然一声尖叫从厨房传来,小井冲进去就看见刀爷抱着头蹲在地上,抬头一看,桌上一个大碗,里面有一只血糊糊的小鸡。

"咦,好恶心,这是什么?"

"毛鸡啊,已经成型还没有孵化出来的小鸡。"

"你怕鸡啊?"小井摸了摸刀爷的头,确定这个一米九的大个子没有吓傻。

"不怕啊,我只是觉得自己杀生了,呜呜呜呜呜……"

小井嘴角抽了抽，一个厨子居然开始介意杀生，简直跟修女练太极拳一样稀奇。

此时荣林也跟了进来："这批鸡蛋不能用了，要全部换新的，奇怪，地下室温度那么低，按理是孵不出小鸡的啊，怎么回事？"

此刻，薄荷也正在房里发愁，自从他跟白娅确定了关系之后，这个女人就把自己喜欢的东西都搬到了薄荷的房间里。

什么一箱毛线啊、二十个藤制蒲团啊、各种各样圆形碟子、黑胶唱片、雪球包包……

现在白娅正夸张地蹲在一堆蛋上！

"喂，你是猫又不是母鸡，你孵什么蛋！"

白娅憋得脸都红了，蹲在蛋上腿麻得不行，表情却是很无奈："我天生喜欢圆形的东西，看见圆形的东西就忍不住想要捡回来，看到这些蛋圆圆的挺可爱就想回来孵一下……"

薄荷哭笑不得，凑脸过去："我也很可爱，白大小姐你要不要孵一下？"

不要脸，你又不是圆形的！

我怎么不是圆形的，你看！

薄荷把自己的腮帮子吹得鼓鼓的，往地上一躺，头和膝盖并在一起，瞬间就变成一个球形生物。

白娅被逗得咯咯笑个不停，一松气，脚发软，一屁股坐了下去，就听见"啪"的一声，鸡蛋们全碎了，蛋黄糊了白娅一屁股。

那件事后,薄荷三天都没敢出门。

毕竟脸上顶着二十几道抓痕,要是被其他人看到了,下半辈子的猫誉就毁了!

图书在版编目（CIP）数据

我的哥哥他变成了猫／惊蛰著.——贵阳：贵州人民出版社，2017.2（2020.1重印）
ISBN 978-7-221-13889-7

Ⅰ.①我… Ⅱ.①惊… Ⅲ.①长篇小说–中国–当代
Ⅳ.①I247.5

中国版本图书馆CIP数据核字(2017)第032149号

我的哥哥他变成了猫

惊蛰 著

出版统筹	陈继光
选题策划	大鱼文化
责任编辑	岳琳琳
流程编辑	潘　媛
特约编辑	曾雪玲　层　楼
装帧设计	刘　艳　昆　词
出版发行	贵州人民出版社（贵阳市观山湖区会展东路SOHO办公区A座，邮编：550081）
印　　刷	三河市华东印刷有限公司
开　　本	880×1230毫米　1/32
字　　数	205千字
印　　张	9
版　　次	2017年3月第1版
印　　次	2017年3月第1次印刷 2020年1月第2次印刷
书　　号	ISBN 978-7-221-13889-7
定　　价	39.80元

版权所有 盗版必究．举报电话：0851-86828640
本书如有印装问题，请与印刷厂联系调换．联系电话：0731-82755298